“互联网 +”视域下的 大学英语教师专业能力提升研究

徐 莹 周丽丽 刘同灵 ◎ 著

吉林文史出版社

图书在版编目（CIP）数据

“互联网+”视域下的大学英语教师专业能力提升研究 / 徐莹，周丽丽，刘同灵著. -- 长春 : 吉林文史出版社，2021.8

ISBN 978-7-5472-7966-3

Ⅰ. ①互… Ⅱ. ①徐… ②周… ③刘… Ⅲ. ①高等学校－英语－教师－师资培养－研究 Ⅳ. ①H319.3

HULIANWANG+ SHIYU XIA DE DAXUE YINGYU JIAOSHI ZHUANYE NENGLI TISHENG YANJIU

书　　名 “互联网+”视域下的大学英语教师专业能力提升研究
著　　者 徐　莹　周丽丽　刘同灵
责任编辑 王丽媛
封面设计 徐芳芳
出版发行 吉林文史出版社有限责任公司
地　　址 长春市福祉大路 5788号
网　　址 www.jlws.com.cn
印　　刷 北京四海锦诚印刷技术有限公司
开　　本 185mm×260mm 16开
印　　张 7.5
字　　数 177 千字
版　　次 2023年 6 月第 1 版　2023年 6 月第 1 次印刷
定　　价 48.00 元
书　　号 ISBN 978-7-5472-7966-3

前 言

进入21世纪以来，尤其是最近几年，计算机科学、互联网技术、移动通信设备的迅猛发展，对高等教育产生了巨大的冲击和影响。随着慕课、微课、翻转课堂、混合式教学模式等概念的出现，大学英语教学也在不断深化改革。信息化时代为大学英语教学提供了全新的学习方式和前所未有的丰富资源。我们在运用现代化教学手段时，应把提高教学效果和学习效果放在首位。单纯地追求技术创新、教法创新，教学效果有可能适得其反。这就提醒教师在科学合理地利用现代化教学手段的同时，还要处理好传统教学手段和现代化教学手段的关系。遵循“教学有法、教无定法、贵在得法”的理念，有利于优化教学效果，提高学习效率。

“互联网+”时代为英语教师专业发展提供了新的契机，有效推动了教学改革的进行。当前的世界已进入全球化时代，英语已成为地球村的通用语言。为了能积极参与世界经济的发展，更为了能在竞争日趋激烈的国际市场上竞得一席之地，我们国家的各个行业都要向“国际化标准”看齐，要遵循国际通行的习惯规则，并不断地学习发达国家先进的科技和科学的管理经验。基于此，本书以信息技术与英语教学的相关理论为基础，通过探讨大学英语教师信息化教学能力，从而提出大学英语教师专业能力提升策略。并以多模态英语专业教学和MOOCs模式英语教学为例解读该策略的实际应用。

高校英语教师担负着对大学生进行英语专业课程的授课任务，他们的业务素养将对高校学生的英语水平及院校整体英语教育的质量产生直接的影响。有效提高高校英语的教学水平，培养出社会发展急需的英语高素质人才，这对于提升我国高校学生英语水平具有极强的现实意义。

本书在编写过程中，曾参阅了相关的文献资料，在此谨向相关作者表示衷心的感谢。由于水平有限，书中内容难免存在不妥、疏漏之处，敬请广大读者批评指正，以便进一步修订和完善。

目 录

第一章　互联网时代教育教学的变革

互联网变革教育有着独特的规律，而真正的变革规律不但取决于个体和社会内生的动力与需求，也取决于个体之间、群体之间、个体和群体之间的融合与创生能力。孤立地、仅凭单一要素推动教育变革的时代已经过去，协同的、全要素的变革时代已经到来。全程育人、全方位育人是互联网变革教育的主旋律。“互联网 +”教育是以互联网为基础设施和创新要素，变革传统教育的需求模式、认知模式、服务模式、组织模式、实践模式和管理模式，形成促进全程育人、全方位育人的教育改革和发展的新生态。

第一节　学习需求变革

一、学习需求的定义

目前关于学生学习需求的研究主要集中在学习需求的概念、学习需求与某学科的结合等方面。

（一）关于学习需求概念的研究

需求是人类行为产生的主要内在动机机制之一，它是个体行为积极性的一个重要源泉，是影响个体的思维、意志和素质发展的重要因素，是一个与人类发展、个体成长、潜能发展密切相关的重要范畴。学习需求是人对未知事物的渴求，为满足自身生产、生活以及发展需要，在学习动机驱使下的一系列反映。而对于学生来说，学习需求是指学生在接受课堂教学时对知识、学业、人际交往、情感归属等产生的一种期望。学习需求分析是一个实证调查与研究的诊断过程，通过收集与分析信息资料来确定存在的差距或问题，从而找到弥补差距、解决问题的方法。它需要通过系统的分析发现教学中潜在的问题，确定问题的性质，论证解决问题的必要性和可行性。

（二）关于学习需求与具体学科结合方面的研究

对于学生学习需求方面来说，目前对于校本课程开发中的研究大多是理论层面上的分析，总体上缺乏系统全面的论述，而学生在学习的过程中仅仅依靠教师对学生的主观判断，缺乏系统的理论指导，就会出现学生自身的学习被架空，学生学习需求分析整体上处于一种自发状态。校本课程应该从学生学习需求的现状及存在的问题入手，并寻找出一套较强的学生学习需求分析模式。结合学生学习需求的分析理论，针对任务型语言教学关系进行探讨后，提出激发学生学习动机的任务型教学手段。通过对任务型教学和传统教学的实证比较分析，任务型教学对于激发学生学习激情和提高学生综合能力比传统教学更加有效。学习需求是学生能够主动参与学习活动的主要心理因素之一，在教学中要关注学生的学习需求，这样才能更好地调动学生学习的主动性、积极性和主创性，最终使学生的学习效果达到最优化。课程的改革应在分析学生对课程目标、课程内容、课程实施和课程评价等学习需求后，了解学生学习上的缺失或不平衡，确定现实状态与目标状态之间的差距，并寻求弥补这种差距的对策。从知识技能条件的角度，对不同认知风格的学生进行汉语学习需求的分析。以学习需求理论为基础，运用产品质量功能展开的方法，探索学习需求导向的数字语言学习系统的质量特性。

综上所述，目前关于学生学习需求方面的研究还处于探索阶段，这些研究大多是从学生某一方面或某一领域的理论层面上做出的分析，或者只是在学生学习需求的重要性上进行阐述，关于学生学习需求方面的专门研究还有很大的空间。立足于学生自身的需要和发展，学生的学习需求应是多层次、多角度、全方位的，这有助于满足学生学习最高层次的需求。基于此，我们认为学习需求是指学生在学习成长过程中主观上愿意且主动、与客观上无差别且能直接获得的需要的总和。学习需求主要包含三层意思：一是需求发生在学生学习和成长过程中，是一种自我完善、自我发展和自我教育的需要；二是学生主观上愿意获得这种需求，而不是被家长、学校以及社会教育机构强行施授；三是客观上这种需求不以区分学生等次、类别为目的，不需要通过其他个人、组织间接转授，能够直接获得。

二、不同学习需求观的比较分析

（一）呈现状态

传统教学环境下学习者的需求往往是单一的、有限定范围的，比如通过询问教师或在同伴的帮助下完成作业。而互联网时代的学习者突破了时空的限制，穿越了人文社会的跨度，学习需求呈现出多样化、个性化、碎片化的特征，反而使学习者失去了明确的需求范围和需求指向，总会在需要还是不需要的问题上徘徊，甚至还可能陷入工具“结构性缺失”的困境，总是很难找到一种得心应手、适合自己学习习惯和学习风格的工具，这就需要对学习者的需求进行深度精准的引导和诊断分析，以客观数据和学生痕迹（学生痕迹是指学生在网络活动中留下的操作、迹象、表现、偏好等，一般较为隐性）相互补充形成学习者模型。比如，学生得了 80 分，“80 分”是数据，但是学生可能在互联网中参与了名师课堂、操作了某个教学资源、和某个同学进行了交流，这些可能没有直接转换成数据但确实属于已经发生的、学生实际参加的活动，都可以被称为痕迹。可用数据发现痕迹，让痕迹生成数据，通过数据和痕迹纠正偏离需求，发现已有需求，预测未来需求，帮助学习者快速、有效地制订智慧性的解决方案，以提高学习质量。对学习者而言，一旦寻求到这种需求，就会产生满足感。需求满足，就会解决问题；如不能满足，学习者就可能放弃，然后重新选择。

（二）组成要素

核心需求是指能够直接帮助学习者完成学习和成长的需求，次级需求是指由核心需求衍生出来的、可以辅助学习者完成核心需求的需求。传统教学环境下学习者一般都只追求核心需求，因为确定的核心需求有着明确的需求指向，并能解决现实问题。比如学习者写不好作文，想要买一本作文选，模仿他人习作，之所以做出这样的决定是因为在传统教学模式下，学习者得到教师辅导的机会和时间非常有限。此时，“买本作文选”就是核心需求，这种核心需求也无须衍生次级需求，学生只须到书店购买就能解决模仿写作的问题。而互联网时代的学习者不仅有核心需求，而且需要较高水平的次级需求作为辅助。同样是对作文写作的需求，互联网可以为学生在线推送教师作文辅导服务，学生将自己的习作或随笔上传给网络辅导教师，网络辅导教师就能通过网络进行批改，并且主动与学习者沟通，帮助学习者解决需求。此时，获得网络辅导教师就是核心需求，但是这种核心需求的获得与实现，必须拥有高水平的教师辅导、良好的网络环境、人性化的系统设计等学习者认为可以较好地完成核心需求的次级需求。

（三）需求链定义

传统教学环境下学生由于学习时间和空间的限制，在需求得不到满足时，也可能做出重新定义需求的抉择，但是这种抉择是有限的。比如英语学习中的语法问题，最能帮助学生解决这类问题的是任课教师。但是任课教师的时间和精力是有限的，学生很难在任课教师之外寻求到其他有效帮助，再重新定义需求往往不现实。而在互联网环境下，学生可以自主选择网络辅导教师，寻找适合自己学习风格和学习习惯的教师进行咨询。如果觉得选择的教师有所不妥，可以随时更换，直到选择到自己满意且能解决学习中的问题的教师为止。也就是说，互联网环境下学习者的需求不但包含初始需求，而且还包括生成性需求。这种不断重新定义需求链、动态生成需求的情况，在传统教学环境下是不可能实现的。

三、新型的学习需求观

当前，云计算、大数据、物联网、移动计算等新技术逐步广泛应用，经济社会各行业信息化步伐不断加快，社会整体信息化程度不断加深，信息技术对教育的革命性影响日趋明显。学生的实际需求是学生内心萌生获得感的决定性因素。只有明确学生的学习需求，尊重学生对教育资源的消费方式和消费习惯，才能有针对性地根据学生实际需求提供定向精准服务，让学生的需求实实在在地获得满足。基于互联网的新型学习需求观概括起来可以表述为：深度精准引导（学生需求需要深度精准引导），混合式需求（学生需求由核心需求和核心需求衍生出的次级需求组成），实际获得（核心需求衍生出的次级需求对学习者而言更容易产生获得感），动态生成（学生不断重新定义自己的需求链，直到自己满意为止）。

四、学习需求建模

在上面的论述中我们提到，学生不断重新定义自己的需求链，直到自己满意为止。可以说，学生准确把握这种重新定义的过程，其实也就是学习需求建模的过程。但是，由于学习需求具有复杂性、多元性等特征，准确抓取非常不容易，建立统一的学习需求模型也不太现实，这里我们尝试从建模的过程方面提供一些框架，以供实际研究中参考。

（一）建模理念

学习需求建模的方式多种多样，但依据什么样的理念建模是考虑建模的首要因素。

发展性研究（developmental research）应该是设计开发和评价适合内在一致性和有效性标准的教学程序、过程、产品的系统研究……发展性研究不仅仅关注形成性评价，也非常关注总结性评价和实证性评价。它关注的不仅仅是需求评估，也关注前后端的分析……当评价能够成为一种综合性的方式时，研究的范围就会随之扩展至产品创新以及产品的使用和管理。一般研究的目的是在知识生产、理解和预测上，而发展性研究则特别强调结果一般化或情景化程度的变化。一些研究者认为发展研究法就是一种观察并分析个人生理或心理的各种特征，在发展过程中所显示的个别差异现象的研究方法，其主要兴趣在于探求由时间的推移而产生的改变情形。研究范围包括动作发展、情绪发展、智力发展、社会发展以及其他质量的发展，其类型包括生长研究和趋向研究。

（二）建模过程

发展性研究作为一种系统的研究方法，其主要途径是分析各开发阶段的关键性缺陷，通过验证内在一致性和有效性从而对整个研究过程进行调控和规范。同时发展性研究本身还要对其所研究系统的“效果、效率和效益”负责。在应用发展性研究法研究的过程中，常常是通过发展形态的不断更迭来推动研究的进程。通过这种更迭不但要针对关键性缺陷进行优化进而验证其一致和有效程度，而且要在“人—技术—实践”“目标—条件—资源”等维度上找到平衡点，以强化研究成果的可重复性和推广性。由于学习需求建模的特殊性，基于发展性研究理念，我们将这一建模过程分为获取阶段、分析阶段和评估阶段。

1. 学习需求获取阶段

（1）确定范围、对象和程度

学生的学习需求，尤其是学生在课堂教学、平时作业练习、信息技术使用、心理健康、思想态度、行为习惯等方面的学习需求，带有很强的综合性和情景性，而且往往涉及学校、家庭、社会等多个方面。根据各方面情况，要系统化地确定学习需求的范围、对象和程度，即哪个群体在多大范围、什么层次上有什么样的学习需求。

（2）筛选需求获取方法

对于知识难点解决以及动手操作方面的学习需求，借助一般的问卷调查，通过计算频率的方法就能定位需求指向；对于心理健康、思想态度、行为习惯等方面的学习需求，需要借助严谨的问卷调查、深度访谈、现场观察、专家指导等形式，综合考虑学校、家庭等现有的各种条件和资源以及特定的个人背景，甚至借助大数据方法进行深度挖掘，这样才能逐渐定位到需求指向。

（3）形成整体解决方案

通过整合现有的人力、物力等资源条件，借助互联网，形成学习需求的整体解决方案，包括准确找到核心需求、次级需求，确定获取学习需求的合理方法以及适用的软件技术和获取途径等。

2. 学习需求分析阶段

（1）确定需求分析的主体，即谁来对所获得的学习需求进行分析

对于知识难点解决以及动手操作方面的学习需求分析，借助统计分析工具即可基本完成，且需求分析的准确度较高；对于心理健康、思想态度、行为习惯等方面的学习需求分析，我们要认识到这类需求具有明显的个性化色彩，并且发生在学生学习以及成长的不同阶段，情况较为复杂，需要的时间也比较长，所以在分析这类需求时，除了借助统计分析工具完成基础性分析之外，更需要将科研人员和班主任、任课教师、生活教师、家长、同伴等多个主体结合起来进行统一整理分析。

（2）确定学习需求的重要和紧急程度

借助时间管理理论，把学习需求定位在四个象限内：既重要又紧急、重要但不紧急、不紧急也不重要、紧急但不重要。既重要又紧急的学习需求需要优先处理，重要但不紧急的学习需求需要重点关注，不紧急也不重要的学习需求可以后置处理，紧急但不重要的学习需求需要尽量避免。

（3）学习需求满足

把学习需求罗列出来并按照时间管理办法进行排列，找出适合个体学习情境中的学习需求，并借助资源和服务满足学习需求。

3. 学习需求评估阶段

利用调查、访谈等多种方法对学习需求是否满足个体意愿进行评价：如果满足了学习需求，则形成学习需求报告，并对需求解决方案进行剖析，形成个案经验；如果没有满足学习需求，则要回到需求获取阶段，重新进行需求获取和需求分析，直到满足学习需求为止。

当然，上述建模过程仅仅给出了一个研究形态的基本步骤。在发展性研究过程中许多阶段都需要"获取—分析—评价"形态的不断更迭，从而最终达到满足学习需求的目标。然而正是这种形态的不断更迭，促使人、技术与实践之间不断产生矛盾而又不断化解矛盾，这样就逐渐形成了一种持续性的推进力，促使学习需求变革。

第二节 学习认知变革

一、交互模型

从以往的研究中可以看出，除了早期 Forster（福斯特）、Morton（莫顿）等的串行、并行检索模型外，还有 McClelland（麦克利兰）和 Rumelhart（鲁姆尔哈特）提出的交互激活模型。交互激活模型认为知觉处理发生在一个有多种加工水平的系统中，每种加工水平都在不同抽象水平上形成一种输入的表征。视知觉是平行加工的，它包含两层含义：一是信息覆盖的区域至少能容纳一个四个字母的单词被加工，二是不同水平上的视知觉加工是同时的。知觉是一个交互的过程，即概念驱动（从上到下）和数据驱动（从下到上）结合起来决定知觉交互激活，包括兴奋和抑制两种信息。兴奋信息增加受体的激活水平，抑制信息降低受体的激活水平。

二、扩展的 IC 模型

针对汉语心理词汇的表征机制提出了汉语复合词加工的"层间—层内"联结模型，简称 IC 模型，该模型认为通达表征水平上的词素单元和整词单元是在同一层内表征的，整词表征和词素表征之间存在着促进或抑制的关系，词素单元激活并不是词的识别的必经阶段。在分析国内汉语多词素词理论模型的基础上，通过对汉语逆序词的实验研究，对 IC 模型进行了必要的扩展。为了更加充分地解释词义关系对启动效应的影响以及低频启动词的整词信息对目标词的干扰作用，该研究提出，正字法表征并不是与语义表征直接相联系的，中间应该有一个通达表征。通达表征的本质是正字法表征和语义表征的中介，是在词汇习得过程中逐渐形成的。正是因为通达表征的存在，真假词识别的反应时大于词义提取反应时这一结论才能得到合理解释，词频以及词优效应也更容易解释。

第三节 教育服务变革

一、发展历程

（一）从无到有阶段

从20世纪90年代到21世纪初，随着国际竞争的日益激烈和科学技术的飞速发展，人们逐渐意识到教育直接决定了劳动者的素质，而劳动者素质对科学技术的应用推广和经济的发展具有非常重要的作用。义务教育是教育中的基础，大力发展义务教育对提高劳动者素质具有基础性的作用。从《中国教育改革和发展纲要》《面向21世纪教育振兴行动计划》《中共中央国务院关于深化教育改革全面推进素质教育的决定》等国家文件精神中，我们可以总结出这个阶段的特点：一是确保完成“双基”任务，即确保完成全国基本普及九年义务教育（包括初中阶段的职业技术教育）和全国基本扫除青壮年文盲；二是全面推进素质教育，基本形成新的基础教育课程框架和标准，改革教育内容和方法；三是重视教师队伍素质建设的重要性。这三个方面直接推动了教育服务“从无到有”的初步发展。从“普九”验收工作的开展过程中也可以看出，很多地区和学校为了完成“普九”任务，在学校办学条件和标准、教师工资福利待遇、学科课程建设、教育督导机制等方面都迈出了非常坚实的步伐，做出了非常有益的探索。值得注意的是，在义务教育的初步发展阶段，虽没有直接提出或提到“教育服务”这个概念，但“普九”工程和“素质教育”工程为后来义务教育的发展起到了至关重要的推动作用。

（二）实际发生阶段

教育服务的提出有着重要的历史背景。我国区域之间、城乡之间和学校之间在办学水平和教学质量方面有着较为明显的差距，这是客观事实。随着义务教育的初步发展和国家教育政策的鼓励，这种差距在逐步缩小，但是又表现出不同的差异性。优质教育资源与服务过度集中、缺乏共享，广大师生的教育需求呈现多样性和复杂性，使得基本公共教育服务供给与需求之间的矛盾越来越突出。国务院印发了《国务院关于深入推进义务教育均衡发展的意见》，标志着我国教育服务进入了实质性的发生阶段。这个阶段的主要特点：一是重视均衡发展的规模和覆盖面，达标建设成为解决供需矛盾的主要突破口；二是通过目标调控和总量控制，推动均衡发展的各项指标和数据进入实际执行阶段；三是国家基本公共服务的提供和义务教育均衡发展的实施尚处于规划设计状态。从我国颁布的以上文件中可以看出，教育服务已经成为政府改善民生、积极推进教育改革与发展的重要支点。

（三）实际获得阶段

实际获得是获得感在教育领域的具体体现，指义务教育基本公共服务供给为人民群众带来的满足自身基本需求的一种认识与体验，感知可用、实际可得和期望确认是实际获得的三个关键特征，也是三个发展阶段。感知可用是指人民群众感觉到义务教育均衡发展的政策和措施对解决当前的热点难点问题是有用的，这是基础；实际可得是指人民群众在实际经历基本公共教育服务政策和措施后能够获得相应的资源和服务，这是保证；期望确认是指人民群众先前在感知可用阶段期望获得的资源与服务和经历基本公共教育服务政策和措施后获得的资源和服务是否一致。如果一致，期望得到满足，即期望得到确认；如果不一致，期望不能得到满足，即期望确认未实现。从本质上讲，实际获得的三个特征是对前两个阶段成果的延伸和落地，重点解决人民群众对教育的需求。

教育服务从"从无到有"阶段发展到"实际获得"阶段，实际获得起着极其关键的作用。在实际获得中，期望确认又是关键中的关键。我国的教育服务经历了多年的改革与发展，一些举措取得了非常好的成效。义务教育改革与发展，改革的是那些不符合人民群众教育需求的做法，破解的是那些长期存在的、阻碍人民群众共同享有的难题，这是一种新型的获得观。从根本上实现基本公共教育服务供给方式的提质增效，是目前教育改革与发展的迫切需求。

二、家庭教育

（一）家庭教育观念

美国有一种学校称为家庭学校，主要指学龄儿童不通过学校而在家庭中接受教育，即在家庭学校中完成学业。美国布莱恩（Brian Ray）博士的研究表明家庭学校的学生在全国范围的标准化学术成就测试中胜过公立学校的学生，这表现在这些学生善于与人沟通，更有礼貌，有较强的自我概念，能够灵活地运用技术和时间。这是什么原因呢？其中一个重要因素就是这种教育形式重视父母参与。新时代家庭教育价值观的深刻内涵主要包括：一是树立崇高的家国情怀，二是树立高尚的道德风范，三是树立博大的仁爱之心，四是树立勤勉的乐学思想，五是树立勇敢的担当精神。不论是发达国家还是发展中国家，都相继使用了一些政策，但是"择校"的问题似乎还是解决得不够理想。以往的政策中把择校的重点放在了“学校”上，其实择校的主体是家长，甚至可以说择校的“主体”是家长抱有什么样的教育理念和家庭教育理念，这才是影响择校的最主要因素。学校可以做到均衡，但是家长的教育理念和家庭教育理念很难做到均衡，这可能就是解决择校等问题比较难的重要原因之一。因此，通过政策引导家长树立正确的家庭教育观和人才观颇为重要。

（二）家风

家风纯正，雨润万物。家风好，则族风好，社风好，国风好。家风是一种家庭文化，是家庭中每个人所恪守的根本价值和核心品质，也是工作、学习和生活中体现出来的一种格调和风范。从古到今，有很多名人的家风值得我们敬仰。比如包拯曾这样训诫后人：“后世子孙仕宦，有犯赃滥者，不得放归本家；亡殁之后，不得葬于大茔之中。不从吾志，非吾子孙。”又如《弟子规》中记载的很多内容，汇集了我国诸多先贤的智慧，其中有一部分也是关于家风家训的。当然，身在现代社会的我们，虽然没有办法去媲美古人，但是从我做起，从自己的家庭做起，和家人一起培育良好的家风，把这种家庭文化传承下去，这无疑对我们、对后代都有着非常重要的意义。仔细回想我们的成长经历，虽然没有特别注意对家风的提炼总结，但是在父母对我们的培养过程中，有很多关于家风的事情都值得去总结、去反思，因为这本身就是一种优秀的家庭文化。

第四节 学习空间变革

一、研究背景

“宽带网络校校通、优质资源班班通、网络学习空间人人通”简称“三通”工程，是我国新时期推进教育信息化的重要抓手，标志着我国的教育信息化建设与应用进入了一个新的历史发展时期。《国家中长期教育改革和发展规划纲要》提出，“信息技术对教育发展具有革命性影响，必须予以高度重视”。《教育信息化十年发展规划》提出，形成与国家教育现代化发展目标相适应的教育信息化体系。十八大以来的多项重要政策文件，均把教育信息化作为重要的内容，它在促进教育公平和均衡发展、助力教育领域综合改革方面起到了重要的作用。

教育信息化重点工作中的内容表述为：教育部印发的教育信息化重点工作的相关文件，核心目标中都有对网络学习空间的明确表述和任务要求，并且呈现年度推进模式，每年都有非常深入的工作安排。

二、概念界定

网络学习空间（learning cyberspace）作为面向正式学习与非正式学习的虚拟空间，运行于一定的学习支撑服务平台上。网络学习空间中教与学过程涉及的要素包括角色空间、内容资源空间、媒体工具空间、过程信息空间等。网络学习空间是指经过专门设计的，利用现代信息技术和计算机网络构建的支持学习发生的虚拟空间。根据使用者的个性化需要选择或建立业务支持、工作流程支持与结果管理、信息与通知、互动交流、文档存储与管理、个人收藏、分享信息、关注网站与他人空间等功能，并将这些功能集成为个性化页面，在此基础上构建的网络应用系统，称为使用者的网络学习空间。根据网络学习空间运行载体服务性质的不同，可以将其分为广义的网络学习空间和狭义的网络学习空间。广义的网络学习空间是指运行在任何平台载体之上，支持在线教学活动开展的虚拟空间。除了学习管理系统、MOOC（慕课）平台、教育云服务平台可以提供网络学习空间服务外，日渐流行的各种社交平台（如 QQ 空间、微信平台等）提供的空间服务如果用来支持教与学，也可以纳入网络学习空间的范畴。狭义的网络学习空间特指运行在专门的教育服务平台之上，支持在线教学活动开展的虚拟空间，如国家教育资源公共服务平台、北京数字学校、世界大学城网络服务平台等。通常情况下，各种行政文件、媒体报道以及学术文章中提及的网络学习空间多是狭义的空间概念。从整个概念的演变历史来看，网络学习空间使得学习者拥有了新的选择、新的感知、新的交流、新的协作、新的反思，可以说，网络学习已经逐渐成为一种个体教育活动的生命样式。

三、未来研究的重点

现代科学的形成与发展不断改变着人们的生活和学习方式，也逐渐转变着人们的认知结构与思维特征。新一代的"数字土著"善于利用技术工具拓展学习、处理问题，有着明显的个性特征。云计算、移动互联、大数据等新兴技术的规模化发展，改变的不仅仅是人们的消费习惯和生活习惯，更改变着人们的思维习惯与学习和生活的状态。而空间就是人们生活的一部分，就像喝水、呼吸空气一样，已经自然而然地融入了人们生活的各个角落。在具体的案例中，网络学习空间有用于德育教育的，有用于课堂教学的，有用于网络共享的，可以说，网络学习空间的应用呈现多元化的态势，这是一个非常好的现象。

在未来的工作中，以下几个方面需要重点研究。一是网络学习空间注册和应用的实名制。这是规范有序地推进网络空间应用的重要保障，也是准确快捷地为学习者提供资源与应用服务的重要基础。二是空间功能的集成化。学习者在空间中可以定制各种各样的功能，这些功能的来源不同，设计思路不同，应用方式也不同，可能会给学习者顺畅浏览和应用带来不便。因此，空间里的功能要有一定的集成度，就像集成电路的设计一样，让学习者直接“触碰”到应用，而不至于陷入“功能孤岛”。三是融合多态模式。把空间中学习者所需要的，能够服务学习者全流程、全要素的模式融合起来，让学习者能够畅通地在模式转化中持续学习，把学习过程和学习支持融合到模式体系中。四是鼓励教师、学生和家长创新应用，把师生之间、学校和家庭之间的边界打通，做到应用之间的互通、关系之间的互通、服务之间的互通，以学生为中心，形成服务学生健康成长和发展的互通集合。五是实现对学生日常学习情况的大数据采集与分析，优化教学和学习模式。六是要高度重视空间的网络安全，保证网络空间的数据安全和应用安全。

第五节 教学实践变革

教学实践变革是推进教育变革的关键环节。在研究中发现，随着互联网在学校教育中的应用越来越深入，技术介入所引发的新型师生关系（教师和学生之间的关系）、新型课社关系（课程和社会之间的关系）被实践不断地推动，发生着细微的变化。同时，学生的个性化需求和家长对教育的期待，也逐渐成为推动新型社会关系形成的重要力量。所以说，我们所关注的信息技术对教育教学的推进，不仅仅发生在课堂教学中，也发生在学生成长的每个阶段、每个角落、每个节点，即这种推进发生在学习环境和服务育人全过程中。本节将对翻转课堂、微课课堂、双主课堂、BYOD 课堂以及其他新型课堂（如 Scratch 课堂、3D 打印课堂、电子书包课堂、增强现实课堂、交互式白板课堂、一对一课堂、场馆课堂、研学旅行）等教学实践的基本要义、教学模式、应用中需要注意的问题以及典型案例及述评进行系统的介绍和分析，以便呈现出更加完整和清晰的应用样式。

一、翻转课堂

翻转课堂是当前运用现代信息技术革新教与学关系的焦点，它给课堂教学改革带来了积极意义，其先进性用一个字来概括就是“用”。翻转课堂借技术之“势”凸显了技术应用的“能”“易”“巧”“慧”，回答了任何一种信息化教学模式必须面对的基本问题。

翻转课堂来自美国科罗拉多州林地公园高中两位化学教师的尝试。翻转课堂的起因是一些学生由于参加活动耽误了上课，教师使用 PPT 的抓屏功能录制课程，然后公布到网上供学生学习。可能连那两位化学教师都没有想到，翻转课堂逐渐成为美国甚至是全球多所学校效仿的教学改革样例。为了让读者对翻转课堂的基本要义有更加清晰的认识，以美国弗朗西斯科圣心大教堂学校化学教师拉姆齐·穆塞莱姆（Ramsey Musallan）的教学过程、伊利诺伊州尚佩恩高中微积分教师杰伊·霍珀（J. Hooper）的教学过程以及底特律附近的克林顿戴尔高中的教学过程等为参考，总结了翻转课堂的三个基本环节：一是问题引导环节。在学生已有知识、经验的基础上，教师提出一些“热身”性质的问题，并将已录制好的相应的课堂教学视频发放给学生。二是观看视频环节。学生回家后观看教学视频，并通过各种方式进行反馈，解决教师之前提出的相关问题，将不懂的知识罗列出来。三是问题解决环节。教师收集学生不懂的问题，在课堂上与学生进行讨论、互动，解决这些问题，并鼓励小组之间通过竞赛等方式积极参与解决。

从知识内化的角度而言，翻转课堂的基本要义是：翻转课堂翻转了教学流程，分解了知识内化的难度，增加了知识内化的次数，而不能翻转的恰恰是知识内化的基本原理，即人类如何学习的基本原理。此外，我们还可以进行这样的大胆推测：在知识内化的过程中，“立刻同化”和“立刻顺应”的这种知识内化过程很少，绝大多数的知识内化都是通过多次内化循环最终达到掌握知识的目的。

二、微课课堂

近段时间以来，微课讨论的热潮一浪高过一浪。微课的定义、构成、设计、开发与评价，几乎每次辩论都会引起社会的高度关注。按照常理，这么高的关注度应该会有好的应用凸显度。然而，摆在我们面前的问题却非常严峻：教师们仍然不清楚到底什么是微课、微课怎么使用、微课与课堂教学有没有关系，甚至有的专家都对微课感到困惑和无奈。如果一线师生不能很好地使用微课，那么如今花费巨大的财力、物力和人力就很有可能打折扣，这不但会直接动摇教育机构、企业和社会力量的研究和投入力度，将微课引向低水平、重复建设的老路，还可能对信息技术与教育教学的深度融合进程产生不良影响，这是我们不愿意看到的。所以对微课开展深入且实用的研究是必要且必需的。

当前，国内外主要从“学术”视角来定义微课。人们对微课的认识分为微课是课程、微课是视频课程、微课是课和微课是微视频四种。这几种界定中，不管赋予微课何种意义，它都有一个共同特征，就是必须有微视频或者说微资源的支持。而对有分歧的地方在于能否承认微课有基本的定位赖以存在。其实，任何学习活动都是发生在一定的情景中，我国学者对常见的五种学习情景以及相应的学习活动、学习地点、学习时间和学习伙伴进行了研究，具体为课堂听讲（集体）、个人自学（个体）、研讨性学习（小组）、边做边学（群体）和基于工作的学习（群体）。如果将后四种情景统称为非课堂听讲（集体）情景，那么学习情景就可以分为课堂听讲（集体）情景和非课堂听讲（集体）情景两类。一般的研究逻辑是先界定微课，后提出微课的应用情景，其实这样的研究逻辑本来就让人产生疑惑。基于应用的视角，认为应先定义微课的应用情景即学习者的学习情景，然后再对微课进行界定。其实，微课很大程度上与其应用的学习情景有关，微课在课堂听讲（集体）情景中应用，肯定与课堂教学有关，这时的教与学在同一时空中发生，它与课堂教学的目标、内容、过程以及评价等之间就存在如何嵌入的问题；微课在非课堂听讲（集体）情景中应用，这时的教与学未必在同一时空中发生，它就可以自成体系，在周围环境的支撑下形成一个自足系统。

目前学术界之所以对微课有诸多不同的见解甚至有些见解之间很难去调和，根本原因就是对微课应用的学习情景没有形成固定的认知。认为在课堂听讲（集体）情景中所讲的微课是指微视频，这里的微视频包括视频、动画等多种微型资源。这里所指的微课是与具有三维教学目标的“整课”相对而言的。在非课堂听讲（集体）情景中所讲的微课是指微课程，这里的微课程应该是一个自足体系，它能够适合学习者的知识需求并帮助学习者解决实际问题。微课程的内容越丰富，服务越周到，对教与学分离情况下学习者的内化和应用知识就越有促进作用。

三、双主课堂

信息技术的迅猛发展及其在教育教学领域的广泛应用正在给教育带来深刻的影响。这种影响不仅表现在教学手段的变化上，还体现在从教育思想、教学观念、教学内容和教学方式等方面引发了教育教学的深层次变革。当前云计算、大数据、物联网、移动计算等新技术逐步广泛应用，经济社会各行业信息化步伐不断加快，社会整体信息化程度不断加深，信息技术对教育的革命性影响日趋明显。要推动形成基于信息技术的新型教育教学模式与教育服务供给方式，信息技术与教育融合创新就成了研究的重要方向。双主课堂在这种背景下也日趋走向成熟并且在实践中逐渐成为师生所信任的一种教学实践形式。

双主课堂的基本要义是既要发挥教师的主导作用，又要突出学生在学习过程中的主体地位，双主即“主导”与“主体”相结合。进入 21 世纪以来，基础教育跨越式发展实验研究的影响力逐渐扩大，双主课堂在英语教学中被普遍认可，基础理论更加丰富，实践模式更加多元化，已经有大量的教师和学生在这项研究中受益，被教育信息技术协同创新中心“国际教育信息化发展研究”项目列入“十大信息技术支持的创新教学模式”。这些教学模式都具有创新的教学理念，指向教学实践问题，形成了相对稳定的操作流程，在国际和国内均有案例作为证据，在教学实践中产生了显著的教学效果。双主课堂可以促进学生自主学习、自主探究，有利于发挥学生的主动性、积极性和创造性，因而有利于学生创新意识、创新思维和创新能力的培养；强调教师要发挥主导作用，主张教师自始至终组织整个教学活动进程，因而有利于教师对前人知识经验的授受与传承，有利于为学生学习各学科的知识打好基础。这样可以把单纯以“教”为中心和单纯以“学”为中心的教育理念有机结合起来，形成一种新的教学实践样式，这也是对西方极端建构主义思潮的一种修正。例如，在英语课堂教学中，信息通信技术（Information Communications Technology，简称 ICT）的运用方式是多样的，ICT 可以作为教师教学的工具、学生认知的工具以及环境构建的工具；同时 ICT 也为语言教学质量和效果的提高提供了新的契机。ICT 可以使学习者通过有意义的方式获得在真实情景下使用语言的机会，可以更好地支持课堂教学中同伴间的合作学习，可以让语言教师更有效地指导学生。

四、BYOD 课堂

BYOD（Bring Your Own Device，自带设备）是新兴的一个概念。美国等发达国家的高校在大一新生入学时，会给每个学生一台笔记本电脑，后来这种方式在国内也慢慢被推行。早期引入 BYOD 的一个重要原因，就是生机比（学生使用计算机台数 / 学生总人数）的问题制约了学生有效应用信息技术。基努西亚（Kinuthia）和达加达（Dagada）认为高等教育中 E-Learning 的发展将有助于增加教学的灵活性，给不同学习环境中的学习者调整其学习兴趣、学习需求和学习风格提供机会。但同时他们也认为班级容量大、带宽有限、时间以及资金有限都会阻碍信息技术与高校课堂教学的整合。确实如基努西亚和达加达所说，上述问题已经成为当前高校 ICT 与学科教学融合的棘手问题。然而，随着 1 ∶ 1 学习理念的普及和 IT 硬件产品性价比的优化，拥有笔记本电脑的大学生在学校中的比例逐渐增多。如果让学生把自己的笔记本电脑带入课堂，不但可以让没有笔记本电脑的同学共同使用，而且还可以在一定程度上解决由于班容量过大等因素引起的"融合鸿沟"的问题，这样就可以初步缓解学校由于生机比过小而引起的公用计算机不足的结构性矛盾，找到一条能够利用现有条件变革学习模式的新途径。

五、新型课堂探索

（一）电子书包课堂

电子书包的概念至今仍没有一个较为统一的说法。从电子书包发展的脉络和学生日常使用的情况看，我们还是倾向于这个概念：电子书包是整合了电子课本阅读器、虚拟学具，以及连通无缝学习服务的个人学习环境。电子书包引入到英语课堂教学中，给英语教师提出了更高的要求，表现在教学设计上要更多考虑多元化的课堂教学，有小组交流阶段、学习成果分享阶段、成绩互评阶段；在教学资源的利用设计方面，比之前普通的课堂教学要增加了许多。但是，电子书包在教学成绩评定与检测方面，简化了教师的劳动工作量，其自动统计分析功能更是能帮助教师收集教学效果反馈信息。

（二）增强现实（AR）课堂

增强现实（Augmented Reality，简称"AR"）的概念非常有意思，我们似乎很难对增强现实下一个确切的定义，但是从字面意思上理解反倒显得简单易懂。如果把环境分为现实环境和虚拟环境两个组成部分的话，在真实环境上放置虚拟的对象，就是增强现实，在虚拟环境上放置真实的对象，就是增强虚拟，有学者定义了真实环境和虚拟环境的连接关系，就是对增强现实的最好诠释。在这个课堂中，学习者能够在虚实融合的教学情境中，以最贴近自然的方式进行自主探索。基于增强现实的交互手段给课堂提供了新的教学方式，知识会越来越具有交互性、流动性和情境性。增强现实是“增强”了现实中的体验，而不是替代现实。增强现实可以用来模拟学习对象，让学习者在现实环境背景中看到虚拟生成的模型对象，而且模型可以快速生成、操纵和旋转，能够在最贴近自然的交互形式下为学习者搭建一个自主探索的空间，这对于抽象内容教学和提升学习者兴趣是很有启发意义的。

（三）交互式白板课堂

由于学生思维认识水平相对较弱，尤其是对教学中的一些抽象性的问题很难充分理解，传统的教学方式一般采用语言表达的手段，但往往达不到教师所期待的教学效果。即使有图片辅助，教师在讲授时也有一定的难度，同时这种课堂对于学生来说也渐渐失去了吸引力。而电子白板却打破了这种传统的教学模式，使抽象性的问题变成形象性问题。教师可以利用无源感应笔来替代鼠标在白板上进行随意的拖动、删除、添加；不必过多地依赖语言去陈述一些过程性的问题，只要动一下手中的无源感应笔就可以把过程生动形象、清晰地示范出来，再也不会让抽象性的过程变成数学中的难点。

第二章 大学英语教师专业发展能力

第一节 大学英语教师能力

分析大学英语教师能力的要素构成和结构特征，构建大学英语教师能力评价的体系框架，并从教学能力和科研能力两个层次出发定义了一个可扩展的大学英语教师能力评价指标模型，为实际的评价活动提供具体的可度量准则。

近年来，随着我国高等教育体制改革的不断深入和大学英语教学改革步伐的不断加快，大学英语教学的研究和实践呈现出一个全新的发展态势，英语教学及相关的科研工作对高校学科建设、人才培养以及国家经济和社会发展的支撑作用日益凸现。教学质量在很大程度上取决于教师，大学英语教师的素质如何，直接关系着英语教育质量的优劣。面对新的形势和任务，如何提高大学英语教师的能力和水平，进而提高校大学生英语理论和应用的技能和水平，已成为大学英语教学研究的重要内容和研究热点，大学英语教学和研究质量的提高和评价也已成为高等院校教学研究中的热点话题和永恒的主题。

大学英语教师能力是指大学英语教师有效利用和优化配置使用各种教学科研资源，通过自身知识积累提高、教学方法创新、教学手段创新、教学管理创新等各种教学管理创新活动，以及相关的教学科研创新活动，有效提高

教学质量，产出高水平的教学科研成果，并进而形成具有竞争优势的、可持续发展的英语教学、科研领域与创新特色的综合能力。大学英语教师能力是影响大学英语教学和科研的决定性因素，是体现高校办学实力的重要指标，也是大学英语人才培养等职能得以充分发挥和大学英语学科可持续发展的关键。

大学英语教师能力评价作为高校管理的重要组成部分，是加强英语教学创新能力、提高英语科研创新水平的关键环节。对大学英语教师的能力（包括教学能力和科研能力）

进行系统评价，不仅对于我国实施科教兴国战略，推动对外开放和交流，满足我国社会经济发展对高素质英语人才的需求具有非常重要的现实意义；而且有助于大学英语教师认清自身的优势与不足，从而促使英语教师通过多种途径提升素质和能力，实现自身发展和自我完善，进而促进全局层面上的英语学科建设和教学能力的提高；此外还可以帮助各级教学管理部分及时了解和掌握英语教学科研的水平和效用，优化教学科研资源的配置和管理，为建立更为公平的甄别选拔制度和具有真正激励功能的评优、奖励和晋升体系奠定基础，能促进大学英语教师管理的科学化和规范化。

一、大学英语教师能力的要素构成及结构特征

大学英语教师能力的要素构成及结构特征是指影响大学英语教师能力的基本要素及其相互组合的联结方式。通过对能力要素构成及结构特征的系统研究，可以理清影响大学英语教师能力的要素及不同要素之间的辩证关系，从而为能力评价体系的构建提供科学依据。

随着我国高等教育体制改革的深入，高校已成为我国国家创新体系的重要主体，教学和科研已成为当前条件下大学英语教师工作的两条主线。因此，研究影响英语教师能力的因素，需要综合分析、统筹兼顾。总体来讲，影响英语教师能力的因素是多方面的，既有校内因素又有校外因素，既有主观因素又有客观因素。其中，教学工作是在一定条件基础之上（如教室、实验室等）的老师教、学生学的过程，教师和学生既具有实践性又具有能动性，构成了教学活动的主体。科研工作是高校老师在一定条件基础（如仪器设备、资料信息等）的支撑下，通过知识创新、技术创新、成果转化创新、管理创新等各种科研创新活动，产出高水平科研创新成果的过程。在教学和科研活动过程中，高校的文化环境（学习氛围、科研氛围、文化氛围等）、日常管理（激励政策、科研制度等）作为外生变量存在并对教学和科研过程产生影响。换言之，大学英语教师是大学英语教学和科研工作的主体，条件基础、文化环境和日常管理是相关工作开展的基础，教学和科研活动作为联系主体和基础的载体贯穿于教学科研创新的整个流程。

大学英语教师教学和科研流程是以英语教师为主体的软硬件环境的综合体现。其中，教学和科研作为英语教师能力素质的内在组成，是大学英语教师能力评价的重点；而条件基础、文化环境、日常管理等作为支撑要素，受国家、部委、学校等外界因素影响较大，故不作为本文研究重点。

二、大学英语教师能力评价的体系框架

（一）大学英语教师能力评价的组成要素

大学英语教师能力评价工作作为大学英语教师教学科研能力提高的重要手段和大学英语教学科研管理的重要职能，必须坚持评价的科学性、公正性、合理性及有效性，力求评价能起到促进高校相关工作健康发展的作用；必须符合我国大学英语教学工作的实情和实际运行体制，能客观指导和引领大学英语教学科研工作的良性开展。

总体来讲，大学英语教师能力评价是针对特定的评价目的（如中期检查、任职考评、奖励晋升等），由评估机构（如院、系以及上级教育管理部门等）采用合适的评价方法，对特定的被评对象（如英语学系、课题组乃至老师个体）的英语教学和科研能力实施评价，获取评价结果并进一步指导后续教学、科研、管理工作开展的过程。

因此，大学英语教师能力评价所涉及的要素主要包括评价目的及原则、评价组织、评价主体、被评对象、评价形式及方法、评价结果及使用、评价结论及建议等，上述评价要素在大学英语教师能力评价的整个过程中相互作用、相互影响、相互印证，共同推动着评价流程的良性运转。

评估组织是指组织和实施评价的机构，负责对整个评价过程进行组织、协调和管理等。对于不同的评价目的，实施评估的组织也会有所差别，如对于学校英语教师进行整体的能力评价，和教研室内部自己组织的能力评己的定位，明确各自的努力方向和奋斗目标。“可行性”是指在实际操作中，必须考虑到评价的可行性和指标数据的可获取性，以提高评价的可操作性。

对大学英语教师能力的综合评价不是靠某一个指标或部分指标就能实现的，而应根据特定时代背景下大学英语教学科研的特点、规律和高校管理的实际需求，构建一个既能体现大学英语教师教学科研现有实力，又能反映高校团队管理导向作用的指标体系，对大学英语教师的能力素质进行整体的、综合的评价；此外，不同的用户和领域对评价指标有着不同的理解和需求，不存在适合于所有用户和领域需求的指标体系。

1. 教学能力

课堂教学是英语教师的基本职责，教学能力是大学英语教师能力素质的基本构成，是判定大学英语教师是否称职的首要条件。从教学活动开展所涉及的基本要素出发，可以将教学能力类指标划分为教学态度、教学观念、教学内容、教学方法、教学水平、教学效果等。教学观念，包括老师能够重视培养、提高学生兴趣和学习动力，重视融合英语文化背景知识等。教学态度，包括备课认真，准备充分，对教学充满热情等。教学内容，包括重难点突出，讲课内容充实，逻辑性强，重视英语应用能力培养等。教学方法，包括使用恰当的教学策略和方法，课堂气氛活跃，注重因材施教，能够熟练利用多媒体等信息化教学手段等。教学水平，包括专业基本功扎实，能够简明扼要、深入浅出，发

音准确，语言规范，教学形式灵活多样等。教学效果，包括学生外语成绩有提高，掌握基础知识准确、扎实，实际运用外语能力有提高，听说读写译能力有进步等。

2. 科研能力

科学研究是高校老师工作的重要方面，是建设高水平研究型大学的重要基石；科研工作对高校学科建设、教学活动、人才培养等方面具有重要的引领与支撑作用。从科研产出的角度出发，可以从科研项目、科研奖励、学术论文、著作、人才培养等方面对大学英语教师的科研能力进行度量。科研项目，包括承担和参与的科研项目层次、类别、数目等。科研奖励，包括获得的国家、部委、学校等各类型的科研奖励等。学术论文，包括在相关学术期刊、国内外学术交流会议上发表的论文及其收录情况等。著作，包括出版的各类学术专著、教材等。人才培养，包括培养的博士、硕士、本科等类型学生情况。

第二节 英语教学能力

教师作为一种具体的职业类型，其专业发展有着特殊的意义和内涵。教师专业发展强调的是教师个体内在专业特性的提升，它是指教师个体的专业知识、专业技能、专业情感、专业自主、专业价值观、专业发展意识等方面由低到高、逐渐符合教师专业人员标准的过程。然而，目前“大学英语教师的工作生活层面的许多语境都是以机构制约的形式出现的，诸如超负荷的工作压力，模式化的职业实践，僵化的课程范式等，这些元素都直接造成了他们求生存、保职位的工作特征”。尽管大学英语教师们认识到自我学习、自主发展的必要性，但是很多老师仍存在缺乏自身专业发展规划、忽视自我学习的价值和教师团体合作的力量，缺乏自我反思、科学研究素养等问题。

因此，教师专业发展规划的介入非常重要。教师是专业发展的主体，教师拥有专业发展上的自主权。教师专业发展规划必须由教师主动发起、不断反思、自觉实践与持续改善。教师需要依靠坚定的意志．克服自主发展道路上的障碍，在实践探索中找出促进自身发展的对策，将过去连续性重构与当前的实践紧密地联系在一起，并积极投身于改革与进步之中。那么，大学英语教师的专业发展策略包含哪些元素呢?

Putnam & Borko 指出，将教师学习置于教学实践中，是促进教师专业发展的有效途径。尽管教师实现专业发展的途径有很多，但最终还是要回归自己的教学实践。在实践中理解教学，在实践中发展自己的专业知识和能力，在实践中规划自己的专业发展步骤与过程，应该是最根本，也是最有效的途径。

英语教学是一项涉及二语习得、教育学、心理学、认知学、社会学等诸多因素的复杂工程。英语教学从本质上不光需要解决“教什么”，还需要解决“如何教”的问题。教师在个人实践教学过程中，应充分考虑教学环境、学生需求和水平、教材和大纲等众多因素，再结合教师个人的经验水平、个性品质等实施教学实践。因此，教学能力“贯穿于教学过程的始终，是教师为培养学生综合素养的同时实现自身专业发展，有意识地影响教学效能的各种作用能力的综合体”，是“在认识和实践中生成发展的、有效完成教学工作及其相关活动所需要的知识、技能和态度的交互谱系”，既需要学识认知的支撑，也是心理特征和个性素养的外显，并通过技能的行动方式反映出来。教师的教学能力是教学活动得以完成的保障，是教师提高教学质量的核心因素，是教师专业素养的重要体现。

大学英语教学，除了传授语言知识和训练语言技能之外，根本目的是培养学生的自我学习探究能力及完善的独立人格。大学生除了有效学习之外，还应提升分析解决问题的实际操作能力和研究创新能力。大学英语教师应借助创造性的教学实践和兼容开放的多元文化意识，全面塑造学生，将先进文化的精髓潜移默化地传递给学生，推动其科学精神与人文素养的共同提高，成长为胸怀博大、视野宽广、心系全球的世界公民。

同时，英语教学的内容强调时效性、实用性、共享性、思辨性。在信息爆炸的时代.虽然大学英语课程具有相对稳定的结构，但大学英语的教学实践应体现知识与时俱进的特点，体现变通性和互动性，这也需要教师不断更新知识结构，在教学实践中不断总结经验，提升教学能力。大学英语教师应勇于打破和改变传统教学模式，争取创造更加真实多维的语言教学环境，提供多种渠道，运用现代化的教学手段，扩大学生英语学习途径，提高大学英语教学质量。

在研究过程中，我们也发现，尽管两位研究对象都拥有相对稳定的教学信念和教学方法，但是在面对不断变化着的国际和社会形势、教学理念和教学对象等时，她们也会遇到新的困惑和挑战，同时她们会积极应对，及时处理，在教学实践中不断更新和调整教学方法、策略和教学内容。如今，经济较为发达地区的学生从小学甚至幼儿园就开始接触和学习英语，有不少甚至常年由外教执教，英语水平不错，而不少来自贫困和偏远山区的大学生可能连基本的发音都不正确，更不用说基本的听力能力和顺畅的口语表达。在教学对象不断改变的情况下，应对和满足高水平学生的要求，以及缩小学生之间不断扩大的英语差距，都对大学英语教师提出了新的挑战。大学英语教师应在“后方法”思想的指导下，根植于其所处的特殊的社会文化背景、特殊的教学环境和追求特殊目标的教师和学生，努力挖掘自身教学的特质，充分发挥自己的教学所长，并全面考虑本土环境、学校情况、课程设置、教学资源等多方面的教学特殊情境，结合不同的教学对象探索最合适的教学实践。

第三节 英语学术能力

高校作为学术性的育人组织，其目标是整合教学与科研的功能要素，以开创研究活动，更好地培养一流人才，并通过该行动方向激励和规范组织发展。学科研究丰富教学内容，教学研究指导教学实践，两者均不可或缺。一位优秀的高校外语教师，不应只会上课，而应该是一位研究型教学者，能够将教学和科研有机结合，在发现课题、验证理论和开展实践中获得灵感，而科研工作则能保证教学的科学性、前沿性和时代性。

大学英语教学与英语学习的研究主要包括：教学过程研究、教学方法研究、教材研究、测试研究、教师研究、学习者研究等。教学过程研究包括具体的课程教学研究、教学改革研究、二语习得理论与英语教学及英语教学与其他学科间的交叉研究。教学方法研究指的是对教学方法的理论与实践、课堂的组织与实施、不同教学手段的合理使用、外语学习策略、课程设计等教学环节的研究。教材研究主要指的是大学英语教学所使用的教材及教学大纲的研究，如教材编写及评价体系的构建、教材建设与教程评介、多媒体学习软件的设计等。教师研究包括大学英语教师的教育与发展、教师角色和教师话语运用等与教师这一角色相关的研究。学习者研究是对英语学习主体的研究，包括学生英语能力和学习行为描述、学生语言学习观念及学生角色分析等方面的研究。测试研究是对英语学习者语言能力的评估手段，大学英语四、六级考试改革及试题库建设等教学评价系统的研究。

但是，我国的大学英语教师科研素质构成与钻研精神不够，学术意识淡薄，科研能力还有待进一步加强。因此，教师应首先转变观念，增强科研意识，培养科研兴趣和内化动机，认识到科研工作是教师的职责，是人才培养质量的保证，也是教师本身职业发展的关键。处于“后方法”时代的大学英语教师应树立“教学理论实践化、教学实践理论化”的信念，成为教学研究者、实践者和理论构建者的统一。教师应从课堂实践的经验中建构自己系统的、一致的、与教学密切联系的理论，以取代理论家施加于教师的那些教学方法。同时教学理论又必须经过教学实践的检验，不断得到修正与完善。因此，大学英语教师要争取自我发展，告别“被科研”，从教学中发现科研问题，进行源于教学、服务教学的科研，实现教研相长，实践严谨审慎的科研方法，既紧密结合英语教学，又强调科研方法，提高学术水平和科研素质。

同时，我国大学英语教学研究的最大问题是理论与实践严重脱节，很多人盲目照搬西方教学理论，难以付诸实践。每位教师都应立足自身的课堂，不仅把课堂作为传授知识的场所，也把课堂视作提高教学效果的研究基地。根植于教学实践的复杂性、综合性、特殊性，教师应宏观了解教室里发生的一切，系统观察教学，解释教学事件，评估教学成果，反思具体的需求、形势、教与学的过程，学会批判地审视“自上而下”的理论运用模式，力图建构以教师为基础的“自下而上”的适合教学实践的理论体系。在不断的实践和研究过程中，教师的科研能力和水平会得到不断提升，让大科研不再那么遥不可及，令人生畏。同时，对教学实际问题的探究也解决了长久以来教学与科研相对立、相脱离的“悲惨”局面，使科研真正服务于教学、指导教学。

大学英语教师学术发展的过程中，内因起着决定性作用，外部条件在内因的基础上起到形成性作用。宽松、互助、健康竞争、积极向上的学术氛围可以为教师的学术发展提供良好的空间。但英语教师在自己的学术共同体中得到肯定、支持、扶持，就获得了激励，就有积极主动的心态投身于教学与研究相结合的事业，提高学术中的悟性、敏感性和研究动机，敢于创新，勇于交流。个人的视野和能力终归是有限的，大学英语教师也需要依靠合作交流，才能拓宽视野，共享资源，克服发展过程中的障碍，及时获知较新的前沿学术动向。教师的科研意识可以通过团队论坛、座谈等形式得到唤醒，教师的科研能力可以通过科研交流、对话得到提高。“思之则活，思活则深，思深则新，思新则进”，大学英语教师需要树立较强的科研意识，设计课题.运用合适的方法与手段，探索教育、教学规律，并科学规范表达研究成果，积极参与国际国内同行交流，使自己的思维成果表现出开拓性、突破性、创新性，最终达到自我发展和可持续发展的目标。

第四节 英语管理能力

高校教育担任着为社会培养人才的重任，而大学英语教学是高校教育中一项重要的工作。为了能够培养出具有高标准英语水平的人才，前提是高校拥有一支强大的英语教师队伍。然而，由于种种原因，造成了目前大学英语教师队伍建设存在着诸多问题，不利于大学英语教学的发展。因此，必须加强大学英语教师的管理与培训，从而培养出一批高素质英语教师，为大学英语教学打好基础。本文就从大学英语教师的管理与培训的相关理论出发，探索大学英语教师的管理与培训的策略，为我国大学英语教师的管理与培训提出一些可靠的意见和建议。

一、大学英语教师的管理与培训的相关理论

（一）大学英语教师管理与培训的含义

大学英语教师是否能够得到合理的管理与培训，关系到大学英语教学是否能够顺利进行。从一般意义上来讲，大学英语教师的管理与培训主要是通过一定的教师资源优化配置方面的管理，以及对教师进行适当的培训，从而提高大学英语教师队伍的整体水平，增强大学英语教学的能力。大学英语教师的管理与培训可以分为两个部分，即英语教师的管理与英语教师的培训。管理方面主要是依靠高校管理人员，通过对具有不同能力、不同特长、不同教学经验的教师进行合理的教学、科研分配，从而使大学英语教师资源配置达到最佳状态，为高校的英语教学和科研工作发挥更大的作用。而大学英语教师的培训则是高校通过一定的培训手段，如英语教学研讨会、教师经验交流、出国深造等多种方式，对英语教师进行再培训，从而提高教师的科研、教学能力。大学英语教师的管

理和培训可以分别看作是对英语教师资源配置的两种不同方式，但这两者却是密不可分的，只有对英语教师的管理与培训同时进行，才能够从整体上提升大学英语教师队伍的素质，提高英语教学效率，为社会培养更多的高素质人才。

（二）大学英语教师管理与培训的原则

大学英语教师的管理与培训首先应当遵循科学合理的原则，即管理与培训的方式应当以高校对于英语教师的需求以及培养人才的方向为基础，科学、合理地管理、培训英语教师；其次，应当遵循以人为本的原则，从人本理论出发，一切以培养高素质人才、合理配置人才为准则，从而发展人才，运用人才，才能发展高校教育事业；再次，则是要遵循效益最高原则，高校对于英语教师的管理与培训，一方面是要提高高校的教育水平，另一方面则是为社会培养更多的人才，遵循效益最高原则，才能通过对教师的管理与培训，为高校带来更多的经济与社会效益；最后，则是要遵循责任原则，涉及大学英语教师管理与培训的各个部门，以及教师都应当积极地担负起自己的责任，更好地完成大学英语教师的管理与培训任务，提升大学英语教师队伍整体水平。

（三）大学英语教师管理与培训的标准

大学英语教师的主要任务就是为了发挥自身的教育教学作用，为社会培养更多的人才。因此，对于教师的管理与培训都应当以提升教师的教学能力为基础，那么，对于教师的管理与培训的标准，也就要以是否提高了教师的教学能力，是否为提升高校培养人才的能力为标准去判断。对于大学英语教师的管理与培训需要投入大量的人力物力，而所收获的效果是否与投入相匹配，是否能够以更少的投入达到更好的效果，也应当作为评断大学英语教师管理与培训的一种标准。根据这种标准，才能够制定出更为合理的管理与培训的策略。

二、大学英语教师的管理与培训策略

（一）制定合理的管理与培训方案

制定教师管理与培训的方案应当从以下几个步骤出发：一是分析大学英语教师现有的状况，教师的人数、教学结构、教师的水平等；二是要对大学英语教师的需求做出预测，社会需要怎样的人才，高校应当怎样利用教师资源去培养人才；三是要制定具体的教师管理与培训的方案，对于不同的教师应当采取怎样的培训方案，对于教师队伍采取怎样的管理措施才能够发挥其更大的作用等。

（二）借助政府的力量，加大管理与培训力度

在大学英语教师的管理与培训中，政府不仅担任着指导与调控的作用，同时也应当为高校提供一定的资金和政策支持，发挥其服务职能。在过去的高校管理中，政府一般都是对高校管理采取管制与限制的作用，这种方式虽然能够保证高校在合理的范围内发展，但却限制了高校快速发展的脚步。在新时代高校管理中，政府应当充分发挥服务性职能，大力支持有利于高校快速发展的方案，在政策制度上，制定辅助高校发展的管理体制，在经济方面，加大对高校的资金投入。有了政府的力量，高校的英语教师管理与培训必然能够更为顺利地进行。

（三）明确培训目标，加强绩效管理

高校首先应当明确自身需求怎样的教师，对于英语教师的要求是什么样的，从而在对英语教师进行培训时，制定明确的目标，并且培训方案的决定也要以整体目标为准则，从而培养出高校需求的人才。高校对于英语教师的管理则应当采取合理的绩效评价方式，一方面，绩效评价可以对不同能力的教师进行合理的奖罚，另一方面，也能够根据绩效评价，合理调整教师结构，从而达到最佳教师资源配置。

（四）实现资源共享，促进管理与培训

在现代科学技术发展的大环境之下，最好的教师管理与培训的方式，就是借助于先进的信息技术，实现资源共享，从而加强教师与高校管理、培训部门的交流，及时地对教师进行培训和调整，既能够提高英语教师的综合能力，又能够让教师发挥最大的作用，提升高校的教育水平。

第三章 信息技术与英语教学的相关理论

综观信息技术辅助教学的研究与发展，信息技术辅助英语教学的理论涉及面很广，单一的理论无法完全构成其理论模式，必须以综合、整合、优化和科学化为原则。信息技术辅助英语教学的理论不仅包括系统科学理论、传播学理论、教育学理论、计算机科学理论、教育技术学理论、教学理论、学习理论、计算语言学理论、神经语言学理论，还应该包括物理学理论、电声学理论、电子学理论、电磁学理论、人工智能理论和认知科学理论等。限于篇幅，这里只选取其中几个比较重要的理论加以介绍。

第一节 现代教育理念

随着科学技术的飞速发展，21 世纪的教育面临着前所未有的机遇和巨大的挑战。为了迎接新世纪的挑战，教育学、心理学、教育技术学方面的专家就新世纪的教育问题进行了全方位的研究，形成了许多新的教育思想，出现了许多新的教育理论。这些思想和理论不仅对教育战略的决策、人力资源的开发等产生重大影响，而且对英语教学模式、教学方法和教学软件的设计、开发和使用也将产生深远的影响。

一、素质教育

（一）定义

所谓素质教育，是根据社会发展和人的发展需要，以全面提高全体学生的基本素质为根本目的，以弘扬学生的主体性为主要运作精神，注重开发和健全个性发展，以注重培养创新和实践能力为根本特征的教育。这一定义的内涵可以概括地理解为以下四个方面：第一，两种需要，社会发展的需要、人的发展需要；第二，三个发展，全面发展、全体发展和个性发展；第三，两个注重，注重潜能开发、注重创新和实践能力；第四，一个运作精神，即以实施和弘扬主体性教育为主。

（二）核心理念

素质教育的核心理念主要有如下几个方面。

1. 强调教育的基本功能是促进人的发展

它确立以人的发展来促进社会发展的观念，改变以往片面强调教育促进社会发展的价值取向，自觉地重视学习者的全面发展、全体发展和个性发展。在教育价值观取向方面提倡促进社会的发展和人的发展相统一，使教育同社会和人的发展相适应。素质教育把教育视为社会的主体（教师和学生皆为主体），教育的发展功能被视为终极目的，被本体化。教育的一切努力是为了最大限度地促进人的发展。

2. 以提高国民素质为根本宗旨，强调培育适应时代发展和个人发展的素质

如学会学习（终身学习和独立学习）、学会做事、学会协作、学会发展等，尤其以培养创新精神和实践能力为重点。围绕人的发展，倡导全面的、多样化的人才观，提倡积极的、平等的学生观，强调自主、探究和协作的学习观，提倡个性化的、因材施教的教学观和以评价促发展的评价观。

3. 以学生为本

尊重每个学生独立的人格价值和独特的品质，使每个学生都得到尽可能完善的发展，获得相应的价值确证；确立学生在教育教学过程中的主体性地位和作用，尊重和培养学生的自主性和创造性；回归学生的学习主动权，把学习变成一种人的自主性、能动性、独立性不断生成和发展的过程，从而使学习不再是一种异己的外在控制力量，而是一种内在的精神解放运动，培育终身学习和独立学习的愿望和能力。

4. 追求卓越

所谓卓越是指人的潜能得到最充分的开发，自我价值得到最大限度的实现。素质教育是追求卓越的教育，在强调全面发展和全体发展的同时，更加重视个性发展和潜能开发。多元智能理论认为，衡量一个人的潜能开发和自我实现程度的重要标准是看其解决问题或生产、创造产品的能力。素质教育强调唤醒和培育追求卓越的意识与能力。这种理念转换到教学设计中，就是要促进学习者高级能力，特别是高级思维能力的发展。

5. 创新教育是核心

注重学生的创新精神和实践能力的培养，培育创新人才，是素质教育的主要目的。创新人才必须具备创新意识、创新人格和创新能力三个基本条件。因此，素质教育注重培育学生的问题意识、批判意识和超越精神，引导学生质疑、调查、探究，促进学生主动的、富有个性化的理解和表达，引导学生从事实验和实践活动，培养学生乐于动手、勤于实践的意识和习惯，切实提高学生的动手能力和实践能力。

二、终身教育

随着科技的发展和人类的进步，信息正在进行爆炸式的增长。近几十年科学知识的积累和增长已经超过了之前人类历史长河中积累的所有科学知识。这既是人类的幸事，同时也给人类文明的传承带来了挑战，特别是对人类的学习方式提出了更高的要求。在这种情况下，如果我们仍然沿用传统的教学方式和学习方法，势必会被时代所抛弃。所以，终身学习便应运而生。终身学习就是为了应对这一挑战而提出的，只有不断地学习，才能更新旧知识接纳新知识，才能与时代同行。要进行终身学习就要有相应的条件：要有与时代发展基本一致的教学材料，要有能进行快速有效学习的各种学习环境，要有与终身学习相配套的社会、法治和人文环境，等等。

三、教育的四大支柱

21 世纪是高科技的世纪，各个领域的竞争日趋激烈，竞争的核心是人才的培养，为此，联合国“国际 21 世纪教育委员会”提出“教育的四大支柱”来指导人才的培养问题。该委员会认为，为了应对这种竞争，并使培养的人才能适应未来社会发展的需要，教育必须围绕四种学习能力来重新设计、组织教育过程和教育资源。

所谓四大支柱，是指能支持现代人在信息社会有效地工作、学习和生活，并能有效地应对各种竞争和危机的四种最基本的学习能力，即学会认知、学会做事、学会合作和学会生存。

学会认知，就是要学会认知的手段和方法，学会发现问题，学会解决问题，学会自己建构知识，也就是要具有终身学习的能力。

学会做事，主要指在一定的环境当中去实践、去探索的能力，包括如何面对困难，如何分析、设计和论证解决问题的方案，如何组织协调和实施方案等方面的综合能力，让学生通过亲身实践获得知识，培养能力。

学会合作，就是要学会与他人友好相处，学会与周围的人合作生活、合作学习、合作工作，培养学生为了实现共同目标，能顾全大局与他人团结合作的精神。

学会生存，就是要学会掌握自己的命运、适应环境的变化，能抓住机遇拓展自己的发展和生存空间，以求学生自身生存和发展的综合能力的全面提高。

这四种能力并不是并列关系，而是有层次的。“学会合作”是基础，其他三种能力是“学会合作”所不可缺少的基本能力。四大支柱教育思想具有鲜明的时代特征。首先，它强调以道德教育为基础。把“学会合作”作为教育的基础，就是强调要培养学生学会处理人与人之间的复杂关系。和谐的人际关系有助于事业的成功，是社会道德规范所追求的基本目标，所以，四大支柱教育思想强调的基本问题就是道德教育问题。其次，它强调要培养学生的认知方法。人类对知识的学习不仅在于知识的系统化学习，而更重要的是，要培养学生掌握认知的手段和方法，以培养学生继续学习和终身学习的能力，这对于21世纪信息化时代的人才培养是非常重要的。最后，它强调对学生能力素质的培养。四大支柱教育思想不仅强调知识的学习，而且强调学生实际能力的培养，在“学会合作”的基础上，重视培养学生分析问题、解决问题的能力，重视培养学生适应环境、拓展生存空间的能力。

第二节 教育传播理论

一、传播的概念

传播原指通信、传达、联系之意，后专指信息的交换与交流。传播是自然界和人类社会的普遍现象，从远古的生物进化，到当代形形色色的社会活动，无不涉及信息的传播和利用。广义的传播可理解为大自然中一切信息的传送或交换，包括植物、动物、机器、人所进行的信息传播；狭义的传播主要指人所进行的信息传播，而且又分为人的内在传播（或称自我传播）、人与人的传播。

二、教育传播过程

（一）教育传播要素

在教育传播中，构成传播系统的要素包括教育者、教育信息、受教育者、媒体、通道、传播环境等。

1. 教育者

教育者是教育传播系统中具备教育教学活动能力的要素，是系统中教育信息的组织者、传播者和控制者，如学校中的教师、社团中的指导者、学生家长等。学校中直接面对学生进行教育教学活动的教师是最重要的教育者，教师的首要任务是发送教育信息，从这个意义上说，“教师”这一名称并不局限于上讲台的教师，还应包括教育管理者和教材编写者等，而且在特定条件下，教学机器也可以称为教师，即“电子教师”。在教育传播活动中，教师起着“把关人”的作用，传播什么内容，利用什么媒体，都是由教师决定的。因此，教师必须能实现教育传播系统的整体目标，使学生在德育、智育、体育、美育、劳动诸方面都得到和谐的发展。而要完成这一重任，教师必须做好设计、组织、传递、评价等工作。

2. 教育信息

信息是教育传播系统的要素之一，是指以物理形式出现的教育信息。教育传播过程是一个信息交流的过程，自始至终充满了教育信息的获取、传递、交换、加工、存储和输出。在教育信息传播过程中，主要的信息是教学目标信息、预测学生信息、教师传送信息、实践教学信息、家庭教育信息、大众传媒信息、人际交往信息、学生接受信息和学生反馈信息等。

信息是抽象的，在它被某种符号表达出来后才是具体的。表达教育信息的符号可分为语言符号和非语言符号两大类。语言符号包括自然语言（如口头语言与书面语言）和人工语言（如专业符号语言、计算机程序语言等），具有抽象性、有限性等特征。非语言符号包括动作性符号、音响符号、图像符号、目视符号等，具有形象性、普遍性、重要性、多维性、整体性等特征。在教育传播过程中，语言符号擅长描述事实与知识，而非语言符号则擅长于表达态度和感情。合理运用各类传播符号，组成各种类型的教育、教学传播活动，是提高教育传播效率的有效措施。

3. 受教育者

受教育者是施教的对象，一般来说就是接收教育信息的学生。在教育传播过程中，作为接收者的学生，他首先要接收传播信号，如阅读教科书和参考书，认真听取教师的课堂讲授，视听其他多种教学媒体，视听大众传播媒体，参加教学实践与社会活动等。然后，要对所接收的信息进行加工与存储，即将接收到的信号转换为语言符号或非语言符号，再将这些符号和已有的经验进行比较、分析、判断，得到符号的信息本义。但在教育传播系统运行过程中，学生对教育信息的接收并不是机械的、被动的，在大多数情况下，学生是主动地接受教育信息，甚至是有选择地去接收与理解教育信息。

在信息传播过程中，学生的行为可概括为目标性行为、主动性行为和选择性行为。目标性行为是学生区别于一般大众传播中的重要特征，具体表现为：学生接受教育信息要按照培养目标的规定，学生的传播行为是有组织、有计划地进行的。学生的主动性行为是指树立正确的学习动机，主动、自觉地进行学习，这是完成学习任务的重要保证。学生的选择性行为包括选择性接受、选择性理解和选择性记忆。出现这种行为的原因是学生接受传播之前已经有了自己本身的一定经历、兴趣爱好，并且对事情、观念有一定看法，因此当遇到不同于自己看法的传播时，容易误解、曲解这种传播内容。

4. 媒体和通道

在教育传播通道中，教育传播媒体是必不可少的要素。教育传播媒体就是载有教育、教学信息的物体，是连接教育者与学习者双方的中介物，是人们用来传递和取得教育、教学信息的工具。各种教育、教学材料，如标本、直观教具、教科书、教学指导书、教学幻灯片、电影、录音带、录像带、计算机辅助教学课件等，都属于教育传播媒体。承载教育信息的所有物质形式都必须是能为师生双方的感官所能感受到的，这样才能沟通施教者与受教者之间的信息联系。

教育传播通道是教育信息传递的途径，教育信息只有经过一定的通道，才能完成传递任务，达到教育传播的目的。按传递的信号形式来分，通道包括图像通道、声音通道和文字通道。所谓教育传播通道，就是教育信息传递的途径。它的组成要素有各种教育媒体、教学环境、人的感觉器官、处理和传播信息的方式。通道也包括由一方传送到另一方所建立的联系方式。师生间面对面地进行教学是一种口耳相传的古老的联系方式。目前，除了印刷技术、光学影像技术外，通信技术、多媒体网络技术已为教育传播系统广泛采用，成为师生间重要的联系方式。

5. 传播环境

教育传播环境是影响教育传播效果的重要因素，其内容是复杂的和多方面的。社会、经济、科技、文化背景、风俗习惯以及各种自然物、人工物等，都是教育传播环境中不可忽视的因素。其中，影响较大较直接的有校园环境、教室环境、社会信息、人际关系、校风、班风、电、光、声、色、空气、温度等。

良好的教育传播环境能对教师的教学组织活动产生促进作用：扩大教师采集和选择教育信息的范围，为教师提供必要的物质条件，使教师有可能采取更为灵活有效的方式进行教育传播活动，为教师提供更多的与学生接触、与社会交往的机会。同样，适宜的教育传播环境也能对学生的认知行为产生作用：激发学生的学习动机，提高他们的学习积极性，促进学生的智力发展；培养学生高尚的道德品质和行为习惯，促进学生的身心健康成长。

（二）教育传播过程

教育传播过程是一个由教育者借助教育媒体向受教育者传递与交换教育信息的过程。通过信息的控制，这些要素之间相互作用，形成一个连续的动态过程。这一过程可分为六个阶段：确定教育传播信息、选择教育传播媒体、通道传送、接收与解释、评价与反馈、调整再传送。

1. 教育传播过程的第一步是确定传送的教育信息

传送什么信息，要依据教育目的和课程的教学培养目标来确定。一般来说，课程的文字教材是按照教学大纲编写的，通常都体现了要传送的教育信息。因此，在这一传播阶段，教育者要认真钻研文字教材，对每章节的教学内容进行分析，将内容分解为若干个知识点，并确定每个知识点对学习者要达到的学习水平。

2. 选择教育传播媒体

选择教育传播媒体去呈现要传送的信息，实质就是编码的过程。某种信息该用何种符号和信号的媒体去呈现或传送，是一个复杂的问题，要用一套理论与方法去指导。一般来说，一是选择的媒体能准确地呈现信息内容；二是选用的媒体符合学习者的经验与知识水平，容易被接受和理解；三是选用的媒体要容易取得，且付出的代价较少，但能取得较好的传播效果。依据这些原则，教育者应在分析教育信息和教育对象的基础上，首先在现有的媒体中去选择合适的，其次是去购置，最后是自行设计和编制新的教育传播媒介。

3. 通道传送

在这一阶段，教育传播通道通过教育媒体传送出信号，也称为施教阶段。在这里首先要解决两个问题：一是信号要传递多远、多大范围。例如，课堂教学传播，教学对象是几十至几百人，范围是在几十至几百米；至于远距离教育传播，则要将信号传到几百公里甚至几千公里之外，受教育的对象可以有千千万万之多。因此，要根据信号的传送要求，选好传送通道，保证信号的传送质量。二是信息内容的先后传送顺序问题。在任何课堂教学传播中，每一节课从开始至结束，教师何时用口语传播，何时利用幻灯媒体，何时利用电视媒体，要遵循课程的教学结构；在远距离教学传播过程中，无论是用广播、电视媒体，还是寄发印刷媒体，也都有一个学习的先后顺序。因此，在通道传送前，教育者必须做好每一次传送的结构设计，在通道传送时，有步骤地按照教学结构方案去传送信号。通道传送应尽量减少各种干扰，确保传送信号的质量。

4. 接收与解释

在这一阶段，受教育者接收信号并将它解释为信息意义，也就是信息译码阶段。受教育者首先通过视、听、触等感觉器官接收传来的信号，信号对感官的刺激通过神经系统传至中枢神经，通过分析将它转换为相应的符号，然后，受教育者依据自身的知识与经验，将符号解释为信息意义，并将它储存在大脑中。

5. 评价与反馈

受教育者接收信号解释信息之后，增加了知识，提高了能力，但能否达到预定的教学目标，就要进行评价。评价的方式方法很多，可以观察学生的行为变化，也可以通过课堂提问、课堂作业以及阶段性的考试等。评价的结果是教育传播过程中一种非常重要的反馈信息。

6. 调整再传送

通过对掌握的反馈信息与预定的教学目标进行比较，发现教育传播过程中的不足，再次调整教育信息、教育媒体和教育传送通道，进行再次传播。例如，在课堂提问时发现问题，即时调整传播；在课后作业、考试中发现问题，可进行集体或个别辅导；在远距离教学的作业中发现问题，可以补发辅导资料，或者可及时集中在一处做面对面的辅导；等等。

三、教育传播的方式与原理

（一）教育传播的基本方式

根据教育传播中传播者与受传者的关系结构，可以将教育传播分为以下四种方式。

1. 自学传播

自学传播是指没有专职教师当面传授的一种教育传播方式。自学者自定学习目标，从四周可能的环境中寻找合适的教师替身。平常较多的是选择自学的教材，即根据学习要求选购相应的书籍、录音带、录像带和 CAI 课件等学习材料，自定步调学习。

自学传播与自我传播是两个概念，不能混淆。前者是教育传播的一种方式，传播者不是本人，而是学习材料。例如自学者看的书，即起传播者的作用。自我传播则是集传播者与受传者于一身，是主语和宾语的信息交流。

2. 个别传播

教育传播最早的时候即采取这种方式，是传播者与受传者单独面授知识和经验的一种教育传播方式。尽管这种教育传播方式相当古老，但因为它的效果显著而沿用至今。现在则可以通过传播手段进行，例如，在语言实验室中教师利用主控台设备与隔音座上的学生单独通话讲授。目前国外开展的电话教学也可纳入这一范围。个别传播与人际传播相比，有许多相似之处，如传播者与受传者是不同的个体，并能即时得到反馈等。两者最大的不同点在于，个别教育传播具有明确的目标，如讲清一个原理、教会一种方法或技术等，教育信息流的流向倾斜于受传者，而且这个传播过程隶属更大的一个教育传播系统范围（如学校教育传播系统），它的目标是那个大系统目标的一部分；而人际传播则可能具有各种不同的目标，如朋友之间的交谈可以是各有所思、各有所求。

3. 课堂传播

课堂传播是当前学校普遍采用的教育传播方式，学生的学习主要依据课本和教师的语言讲解，也即主要通过语言和文字符号进行。这种传播方式有利于发挥教师的主导作用，教师能科学地组织教学过程，充分考虑情感因素在学习过程中的重要作用，学生能快速、有效地掌握知识技能，有利于培养学生的合作精神和竞争意识。但由于过分强调整齐划一，容易忽视学生的自主性和独特性，不利于发挥学生的全部潜力，不利于培养学生的兴趣、特长和发挥他们的个性才能。

与组织传播相比，课堂传播是一种不完备的传播形式。因为组织传播是组织内的成员与成员、本组织与其他组织间的信息互动，它包括过程、信息、网络、相互依赖和环境五个因素。也就是说，在一个组织中，信息传递方向自上而下、自下而上，加上横向传递，构成一个信息流动网络，成员之间形成相互依赖的关系，同时与组织之外的环境也发生信息互动关系。课堂传播中虽然也有教育信息的沟通过程，但是一般说来，其沟通程度较差。至于传播的网络、相互依赖和环境等因素，则更不完备。目前，在课堂上，一般总是以教师讲解为主，就是说自上而下的信息灌输是大量的，而学生提问、争辩及学生之间横向交流则是相对较少的，这样就造成学生过多地依赖教师，处于被动的地位。

4. 远程传播

远程传播是非面对面的传播活动，例如函授、电视教学、网络教学等。这种教育传播方式随着广播、电视、录像、卫星广播、计算机和网络等现代通信传播和控制手段的推广而逐步得到普及，但还需要适当的辅导与之相配合。

如果将远程传播和大众传播加以比较的话，除了前者有严格的教学目标和教学组织形式之外，两者十分接近，甚至无法分清。例如，大众传播中的教学节目、科普常识的广播等，虽然未将受众严密地组织起来，也不进行考试，但作为系列教学节目常常可为在校学生或自学者提供十分有用的教学信息。在开展远程教育传播方面，特别是在举办电视大学、广播学校、网络学院等方面，我国取得了令人瞩目的成绩。美国教育传播和技术协会（AECT）执行主任林·古布博士指出在诸如教学设计、计算机辅助教学和交互式系统这样的专业领域里，美国有许多东西可供借鉴，而中国则在利用广播和电视进行公共教育方面有不少地方值得美国学习。

（二）教育传播的基本原理

教育传播的最终目的是要取得良好的教育传播效果。教育传播效果是指在一定的教育传播过程完成之后，受教育者在知识、能力和行为等方面所发生的变化，以及与此相关的教学率、教育规模等。研究发现，教育传播要取得好的效果，必须遵循一些原理或规律，而利用媒体进行传播的几个主要原理如下。

1. 共同经验原理

教育传播是一种信息传递与交换的活动，教师与学生的沟通必须建立在双方共同经验范围内。一方面，对学生缺乏直接经验的事物，要利用直观的教育媒体帮助学生获得间接的经验；另一方面，教育媒体的选择与设计必须充分考虑学生的经验。

2. 抽象层次原理

抽象层次高的符号，能简明地表达更多的具体意义。但抽象层次越高，理解便越难，引起误会的机会也越大。所以，在教育传播中，各种信息符号的抽象程度必须掌握在学生能明白的范围内，并且要在这范围内使各抽象层次上下移动。

3. 重复作用原理

重复作用是将一个概念在不同的场合或用不同的方式去重复呈现。它有两层含义：一是将一个概念在不同的场合重复呈现，例如，在几个不同的场合下接触某个外语生词以达到长时间记忆；二是将一个概念用不同的方式去重复呈现，例如，同时或先后用文字、声音、图像去呈现某一概念，以加深理解。

4. 信息来源原理

有权威、有信誉的人说的话，容易为对方所接受。资料来源直接影响传播的效果。因此，在教育传播中，作为教育信息主要来源之一的教师，应树立为学生认可的形象与权威。所用的教材与教学软件，其内容来源应该正确、真实、可靠。

第三节 视听教育理论

一、人的视觉心理

（一）心理趋合

心理趋合是指利用人们的想象力去填充实际在画面中并没有见到的空间。由于电视屏幕的画面是有限的，恰当地利用人们日常生活的经验，使被摄物在画面中取舍得当，会产生画面向外扩展的效果，就可以让画面中未被展现的被摄体的其他部分，出现在观众的想象之中。例如，在画面构图中，在人的视线前方和头顶上方都应留有一定的空白，也属于心理趋合反应的要求。当然，我们在画面构图中还应注意它的消极作用。例如，在拍摄中若不注意拍摄角度与背景的选择，画面中主体与某些背景物体的组合就容易使观众产生错误的联系和概念，形成不恰当的联想，在教学节目中会严重分散学生的注意力。

（二）画面均衡

画面均衡是人们对画面表现主题的一种形式感觉，是产生画面稳定感的因素。各种造型因素表现在画面上可能产生不同的效果，经过构图方面的处理，使画面达到视觉上和心理上稳定的感觉。这种均衡有时仅仅是视觉感受上的，但大多数是经过人们的思考和想象所达到的一种心理上的平衡感。它是人们从生活体验中得来的一种审美心理。画面构图时应当注意利用人们的均衡心理使画面产生稳定的美感。

均衡有两种形式。一种是对称式均衡（绝对均衡），其主题居中，左右对称，稳定感强烈，但显得呆板、单调。在一些严肃、庄重的场合下，往往采用这种形式的构图来表现。另一种采用较多的构图手法就是非对称式均衡（相对均衡），它不是指数量、重量上的相等或形体上的对称，而是指运用人们心理上的感觉和生活中的体验，形成画面中力度和价值上的均衡。

一般来说，画面中同样形状的物体，大的比小的重，位置低的比位置高的重，离中心远的比离中心近的重。对形状、大小、位置相同的物体的感觉是，粗糙的比细腻的重，线条粗、密的比细、疏的重，暖色调的比冷色调的重，暗色调的比亮色调的重，但明亮的物体比灰暗的物体要突出，也显得重一些；此外，规则物体常比非规则物体显得重。因此，在构图中要合理安排拍摄对象在画面中的大小、位置、明暗等，达到画面均衡的视觉效果。

人们习惯于从左边向右边观察画面，把注意力停留和集中在右边的物体上，这就是视觉中的右撇现象。因此，在考虑构图时要注意右撇现象对均衡的影响。例如，把占优势的群体安排在左边容易达到均衡，电视摄像机一般是从左向右摇镜头，也是为了照顾人们的这种习惯。另外，人们的视觉重心往往放在“九宫格”的交点处，因此，往往将主体放置在视觉重心位置，可以突出主体。

二、人耳的声音定位机理

（一）双耳效应

人耳主要是靠双耳效应来进行声音定位的。由于人头部近似于一个球体，双耳又位于头部的两侧，如果声源不在双耳连线的中点垂直面上，则声源到双耳的距离就不相等，从声源发出来的声音到达两耳的时间就不一样，相位也不一样，声音的声压级因头部的遮蔽作用而有差异，这就是双耳效应。声音绕过头部在两耳间产生的声压级差，除了与前述的声源方位有关以外，还与声音的频率有关，声音频率越高，两耳间的声压级差就越大，人的听觉神经中枢就是根据声音到达两耳的时间差（相位差）和声压级差等因素进行综合判断，来确定声音方位。

（二）耳郭效应

人耳的轮廓结构比较复杂。当声源的声波传送到人耳时，不同频率的声波会由于耳郭形状的特点而产生不同的反射。反射声进入耳道与直达声之间就产生了时间差（相位差），我们把这种效应称为耳郭效应。耳郭效应对声音定位能起到一定的辅助作用，特别是对频率较高的声音。声波在两耳间形成的相位差对声音定位已无明确意义，但此时因耳郭效应，反射声与直达声在同一耳道中形成的相差却很明显。人耳的听觉神经中枢便根据这一相位差对声音进行辅助定位。正是由于耳郭效应，有时凭借一只耳朵也能对声音进行定位。

以上有关视觉、听觉的认知规律要素，在教学实践中都有着具体的指导意义。以教学电视节目编制为例，欲使电视节目直观生动，容易为学生所接受，则在空间感知方面，应要求电视画面的构图突出对象的本质特征——线条、色彩、明暗等造型因素要符合对象的内涵，充分利用透视、重叠、阴影等构图技巧提示对象的深度等；在时间感知方面，要善于调动一切手段，如对象运动的快慢、急缓，音响强弱变化、抑扬顿挫，揭示对象的本质，从而使学习者自然地分清主体的对象和陪衬的背景、主体的解说和陪衬的音乐等；在教学内容的重点、难点方面，要在视听上浓墨重彩，声形并茂，以激发学生的高度注意力，引导和启发学习者的思维活动和想象力，促进创造能力的培养。

第四节 学习理论

一、行为主义学习理论与教学软件设计

行为主义心理学派早期代表人物桑代克，是从动物开始研究学习行为的。在他看来，学习即联结。行为主义学派的另一重要代表人物是斯金纳，他的操作条件反射理论对计算机辅助教学的研究与应用起到了重要的推动作用。斯金纳创立了操作性条件作用学说和强化理论，他把机体由于受到刺激而主动发出的反应称为“操作性反应”，而把机体由于受到刺激而被动引发的反应称为“应激性反应”。操作性反应可以用来解释基于操作性行为的学习，如学生读书、写字和算数的行为。为了促进操作性行为的有效发生，必须有计划、有步骤地给学生以一定的条件刺激，这是一种强化的刺激作用。强化包括正向强化和负向强化两种类型。

正向强化可以理解为引起我们希望的行为产生的刺激物，负向强化则是引起我们所不希望的行为产生的刺激物。不管是正向强化物还是负向强化物都能促进机体行为反应概率的增加，这一发现被称为“刺激—反应—强化”理论。这一理论可以用来指导我们的教学工作及教学软件的设计和制作工作。在学习过程中，当给学生以一定的刺激（教学信息）后，学生可能会产生许多反应。在这些反应中，只有与教学信息相关的反应才是操作性反应。在学生做出了操作性反应后，要给予及时强化。如当学生答对时告诉他“好”或“正确”，以强化对这些信息的理解和记忆；当学生答错时告诉他“错了”或“不对”，这样在下次出现同样的刺激时，做出错误反应的可能性就会大为减少，从而促进学生在教学信息与自身反应之间形成我们所期待的联结，完成对教学信息的学习和记忆。

斯金纳在操作性条件作用学说和强化理论的基础上，提出了程序学的基本概念和模式，并且总结出了一系列相关教学原则，例如小步调原则、及时反馈原则、强化学习原则等，逐步形成了程序教学理论。斯金纳提出的直线式程序教学模式，首先要求把教学内容分成一组连续的小单元，在学习者进入一个新的学习单元前，必须首先回答一些关于前一单元的核心问题。如果回答正确，程序就会顺利地引导学习者进入下一个新的学习单元；如果回答错误，程序会向学习者提供一些暗示或参考，或者直接告知正确答案。学习者只有经历了这一关，并且真正理解和领会了与前一单元相关的问题后，才允许进入新的学习单元。程序教学作为组织和提供教学信息的一种教学方法，在操作时将预先确定的教材内容分解成许多小的单元，并按照严格的逻辑顺序（教学内容有先后逻辑关系）或教学设计者的某种思路（教学内容没有严格的先后逻辑关系）编制成一定的教学程序，将教学信息转换成一系列的问题与答案，引导学习者一步一步地达到预期的学习目标。

行为主义者认为，学习的基本单位是条件反射，刺激能得到反应，学习就可能完成，即学习是刺激与反应的结果。人类学习的起源是外界对人的刺激，这种刺激使人产生反应，加强这种刺激，就会使人记忆深刻。他们试图证明，行为是受外部刺激、奖励或强化控制的，可以根据学习者的强化来分析他们的任何行为。因此，只要控制行为和预测行为，就能控制和预测学习的结果；学习就是通过强化来建立起刺激与反应之间联结的链；教育者的目标在于传递客观世界的知识，学习者的目标是在这种传递过程中达到教育者所确定的目标，得到与教育者完全相同的知识结构与知识内涵。

在行为主义学习理论指导下的程序教学模式主要有以下特点。

（一）小步子

把学习内容按其内在的联系分成许多小的单元，以合乎逻辑的顺序把它们排列起来，每一次只给学生呈现一个小步子的内容，使学生循序渐进、由易到难地进行学习。

（二）及时反馈

在程序中对学生的每个正确反应必须及时反馈强化，每一个步子都配有正确答案，学生做出反应后，进行核对，强化反馈。

（三）积极反应

程序的每一步要求学生做出各种形式的积极反应，这样就是一种积极主动的学习，能大大提高学生学习的效率。

（四）自定步调

程序能适应学生的个别差异，使学生能自主确定学习的进度。

（五）低错误率

程序内容的安排由浅入深，由已知到未知，使学生尽可能每次都做出正确的反应，增强学生的学习信心。

以行为主义学习理论为基础的程序教学在大量实践的基础上，总结形成了一系列设计原则，这些设计原则是早期 CAI 设计的主要理论依据，并且在当今的多媒体设计中仍然起着十分重要的作用。

二、认知主义学习理论与教学软件设计

随着人们对于认知心理研究的深入，学者们发现用行为主义学习理论来解释人类的学习行为存在许多问题，继而产生了认知主义学习理论。它以学习者的认知性学习为主

要研究对象，研究学生获得、保持和运用知识的过程。它把学习过程看作是一个主动的、有目的和有策略的信息加工过程。包括感知、记忆、理解、迁移和解决问题等一系列复杂的心理过程，同时还涉及学习者的学习动机、兴趣、态度和意志等方面。

认知主义学习理论强调知识的获得不是对外界信息的简单接收，而是对信息的主动选择和理解，学习者对作用于感官的信息只对某些信息给予注意，这些受到注意的信息才能被接收，并得到加工，逐渐形成自己的认知结构。学习者在学习时，以前学的知识对以后学习新知识总会产生各种影响，这就是迁移。新知识的学习总是在原有认知结构的基础上进行的，随着新知识的不断增加，学习者的认识结构在不断变化。

引起学习的条件有两类：一类是内部条件，即指学习者在开始学习某一任务时已有的知识、能力和学习者主动加工信息的心理倾向（学习的愿望和学习的积极性与主动性），这对学习的效果具有重要的作用；另一类是外部条件，这是独立于学习者之外存在的与学习过程、学习效果相关的多要素，即指学习的环境。教师在一定程度上可以改变学习的条件，尤其是外部条件。但学习的效果如何，起决定作用的因素是内部条件，外部条件通过内部条件而起作用。所以了解人类学习的内部条件是非常重要的。

（一）信息加工学习模型

加涅认为，学习的模式是用来识别学习的结构与过程的，它对于理解教学过程和安排教学事件具有重大意义。

信息在加工时的流动过程是这样的：环境中的信息通过感受器作用于学习者，并转变为神经信息，这个信息进入感觉登记，这是非常短暂的记忆储存，信息一般在这里停留百分之几秒钟。在这里，学习者根据自己对信息的喜好和理解，对信息进行选择性登记。被感觉登记了的信息很快进入短时记忆，信息在这里可持续二三十秒钟，并对信息进行编码处理，经过处理的信息以编码的形式储存在长时记忆中。当使用信息时，需要经过检索，在长时记忆中提取信息。被提取的信息可以直接通向反应发生器，从而产生反应。有些信息也可以直接从短时记忆中提取，从而产生快速的反应。在整个信息的加工处理过程中，一方面，学习者期望达到一定的目标，正是因为学习者对学习有某种期望，教师给予的反馈才具有强化作用；另一方面，学习者根据对信息加工的具体情况，可以对信息加工过程进行控制，从而实现学习目标。

（二）认知主义学习理论对多媒体教学软件设计的作用

在多媒体教学软件中，信息的呈现过程和呈现方式应与学习者学习的内部进程相一致。根据认知学习理论对于学习过程的理解和解释，学习者学习的内部过程可分为几个阶段。那么，我们开发的多媒体教学软件所提供的外部教学活动，如果能与学习的内部过程相一致，就会使学习更容易获得成功，学习者的负担也会减轻。

在多媒体教学软件的信息呈现过程中，要给学习者留有足够的思考和想象的空间。

在多媒体教学软件中，信息呈现的过程和学习的内部过程相一致，只是取得教学成功的一个条件，但只有这一条件还远远不够。我们不能把多媒体教学软件作为给学习者进行知识灌输的工具，而要在传授知识的同时给学习者留有一定的思考时间和发挥想象力的空间，并引导学习者进行科学的想象，鼓励他们去探索、去创新。这样，才可能培养出具有创新意识和创新精神的人才。不能为了提高教学效率，使多媒体教学软件呈现的信息量非常大，密度非常高。这样，学习者只能拼命追赶多媒体教学软件的进度，根本没有时间自己思考，对培养创新人才是有害的。

多媒体教学软件应具有交互性。多媒体教学软件的一个突出的优点就是具有交互性，通过学习者与多媒体教学软件的交互，增加了学习者获取具体经验的比例，加深了对教学信息的理解与记忆，从而提高学习效果。

多媒体教学软件要注意学习者的个性特征。多媒体教学软件在进行设计时要认真考虑和利用学习者的特性，使多媒体教学软件具有能适应不同种类学习者学习的特点，增强多媒体教学软件的适应性。例如根据学习者的兴趣爱好、阅读速度、学习与生活经验等来确定适当的信息呈现速度和方式。个别化设计可以增加趣味性，适应不同学习者的学习习惯和要求对提高学习效果有重要的作用。

精心设计屏幕，为了保持学习者的兴趣，在编制多媒体教学软件时要精心设计每一个屏幕。文字信息要尽量使用短句，语言表达要精练，避免使用长句子。正文的各行之间最好留有空隙，不要一行一行地充满整个屏幕。框面布置时要注意：一个屏幕呈现一个概念，重点要突出，合理使用色彩、对比和形状等来实现设计意图。

多媒体教学软件要有限地使用反馈。研究表明，学习者回答正确时，教师（或多媒体教学软件）所给出反馈的帮助作用小于回答错误时所提供反馈的帮助作用。因此，当学习者做出正确回答时可以只给少量反馈或不给反馈。在多媒体教学软件中，对正确回答时给予的反馈称为正反馈；反之，则为负反馈。出现负反馈表明学习者先前的回答是错误的，要求学习者必须加以修改，以防止错误回答再次出现。

三、建构主义学习理论与多媒体教学软件设计

随着心理学家对人类学习过程和认知规律研究的不断深入，认知学习理论得到了新的发展，出现了建构主义学习理论。进入 20 世纪 90 年代，随着多媒体技术和网络技术的发展，建构主义学习理论逐渐被人们所接受。从多媒体教学软件设计理论的发展和变化情况来看，已经从早期的行为主义学习理论、认知主义学习理论，发展到现在的建构主义学习理论如何在多媒体教学软件设计和开发中应用建构主义，体现建构主义思想，是当前多媒体教学软件研究和应用的重要内容。

建构主义的哲学根源可以追溯到古代的苏格拉底和康德，在近代，建构主义代表人物则有杜威、皮亚杰等。建构主义学习理论认为，儿童是在与周围环境相互作用的过程中，

逐步建构起关于外部世界的知识，从而使自身的认知结构得到发展。儿童与环境的相互作用涉及两个方面的基本过程：同化与顺应。同化是指把外部环境中的有关信息吸收进来并结合到儿童已有的认知结构中，即个体把外界刺激整合到自己的认知结构内的过程；顺应是指外部环境发生变化而已有的认知结构同化新信息时所引起的儿童认知结构发生改变的过程，即个体认知结构因外部刺激的影响而发生改变的过程。可见，同化是认知结构数量的扩充，而顺应则是认知结构性质的变化。认知个体就是通过同化与顺应这两种形式来达到与周围环境的平衡：当儿童能够用现有认知结构来同化新刺激时，他是处于一种认知平衡的状态；而当现有认知结构不能同化新刺激时，平衡就被破坏，而修改和创造新认知结构（即顺应）的过程就是寻找新的平衡的过程。人的认知结构就是通过同化与顺应，在这种"平衡—不平衡—新的平衡"中不断向前发展的。

综上所述，我们可以将建构主义学习理论概括为三个基本观点：知识是认知主体在与客观环境的相互作用中获得的，而不是依靠教师的传授获得的；认知主体的认识发展是通过意义建构而形成的；认知主体的认识发展是螺旋式前进的。下面就从以下三方面来简要阐述建构主义学习理论的基本内容。

（一）建构主义的十大理念

建构主义认识论和学习理论是内容非常庞杂的教育、学习哲学，在知识观、学习观、教学观、情境、意义建构等方面的观点十分丰富。为了整体把握建构主义的思想内涵，我们将其概括为十大理念：一是知识的获得是建构的，而不是接受传输而来的。二是知识的建构来源于活动，因而知识存在于活动之中。三是学习活动的情境是知识的生长点和检索线索。四是意义存在于每个人的心智模式中。五是人们对现实世界的看法是多元的。六是问题性、模糊性、不一致性、非和谐性是引发意义制定的触点。七是知识的建构需要对所学内容进行阐释、表达或展现，这是建构知识的必要方式，也是检测知识建构水平的有效方式。八是意义可以与他人共享，因而意义的建构可以通过交流来进行。九是意义制定存在于文化的交流、工具的运用和学习共同体的活动中。十是并非所有的意义建构都是一样的，任何建构都是个性化的。

1. 关于学习的含义

学习是获取知识的过程。建构主义认为，知识不是通过教师传授得到的，而是学习者在一定的情境下借助他人的帮助，利用充足的学习资源通过意义建构的方式获得的。因此建构主义学习理论认为"情境""协作""会话"和"意义建构"是学习环境中的四大要素。

情境：学习环境中的情境，必须有利于学习者对所学内容的意义建构。也就是说，在建构主义学习环境下，教学设计不仅要考虑教学目标、学习者特征和教学媒体，还要考虑学习者在进行意义建构时所需要情境的创设问题。

协作：建构主义学习理论认为，协作发生在学习过程的始终，对学习过程的各个阶段都具有重要作用。协作者可以是教师、同学或同伴等。

会话：会话是协作过程中不可缺少的环节，学习小组成员之间只有通过会话才能进行协作，通过会话来讨论如何完成规定的学习任务。协作过程与会话过程紧密相关，相互交融，通过会话使每个学习者的智慧为整个学习群体所共享，从而提高学习的效率和效果，因此，会话是达到意义建构的重要手段。

意义建构：建构主义学习理论认为，意义建构是整个学习过程的最高目标。所要建构的意义是指事物的性质、规律以及事物之间的内在联系。在学习过程中帮助学习者进行意义建构就是要帮助学习者对当前所学知识达到较深刻的理解，并与已有知识建立起某种形式的联系。

2. 关于学习的方法

建构主义学习理论强调学习者的认知主体作用，认为学习者是信息加工的主体，是意义的主动建构者，不是知识的被动接收者。同时也不可忽视教师的主导作用。教师不是学习者意义建构的帮助者和促进者，而是知识的提供者与灌输者。

学习者要成为意义的主动建构者，就要在学习过程中的以下几方面发挥主体作用：一是要用探索法去建构知识的意义；二是在建构意义的过程中，要主动去收集并分析有关的数据和资料，对所学问题提出各种假设并努力加以验证；三是要把当前学习内容所反映的事物尽量与自己已经知道的事物相联系，并对这种联系加以认真的思考。联系与思考是意义建构的关键，如果能把联系与思考的过程与协作和会话过程结合起来，则学习者建构意义的效率会更高、质量会更好。

教师要成为学习者建构意义的帮助者，就应在以下几方面发挥主导作用：一是要设法激发学习者的学习兴趣，帮助学习者形成学习动机；二是通过创设符合学习内容要求的情境和提示新旧知识之间联系的线索，帮助学习者建构当前知识的意义；三是应尽可能地组织学习者进行协作学习，并对协作学习过程进行引导，使之朝着有利于意义建构的方向发展。

（二）建构主义学习理论指导多媒体教学软件设计的基本原则

建构主义学习理论强调以学生为中心，认为学生是认知的主体，是知识意义的主动建构者；教师只对学生的意义建构起帮助和促进作用，并不要求教师向学生直接传授和灌输知识。可见，在建构主义学习环境下，教师和学生的地位、作用与传统教学相比已经发生了根本性的变化。所以，在进行多媒体教学软件设计时，必须体现这些思想和变化，主要表现在以下几方面。

1. 要强调“以学生为中心”

明确“以学生为中心”对于教学设计有重要的指导意义，因为从“以学生为中心”出发和从“以教师为中心”出发将得出两种截然不同的设计结果，从而获得不同的学习效果。我们可以用多种形式来体现以学生为中心，例如在多媒体教学软件设计过程中要设法充分发挥学习者的主动性和首创精神；要让学习者有多种机会在不同的情境下去应用他所学到的知识（也就是将知识"外化"）；要让学习者能根据自身的反馈信息来强化对客观事物的理解和认识，逐步形成解决实际问题的方案。

2. 要注意"情境"对意义建构的重要作用

建构主义认为，学习总是与一定的社会文化背景即"情境"相联系，在实际情境下进行学习，可以使学习者能利用自己原有认知结构中的知识与经验去同化和顺应当前学到的新知识，从而赋予新知识以某种意义，使学习能顺利进行。因此，在进行多媒体教学软件设计时应给学习者提供与所学知识相吻合的实际情境。

3. 要强调"协作学习"环境（或方式）的设计

建构主义认为，学习者与周围环境的交互作用，对于学习内容的理解起着关键的作用。学习者在教师（或多媒体教学软件）的组织和引导下一起进行讨论和交流，共同建立起学习群体，并成为其中的一员，这对于学习者形成解决问题的多种方案，激发创造性思维，具有非常重要的作用。我们在设计时要给学习者创设这种进行协作学习的环境。

4. 要重视问题与回答方式的设计

高水平的问题能引发学习者进行有效的思考，提高学习者的主体参与程度，加深理解事物之间的关系与规律。设计灵活多样的回答方式，可以为学习者提供表达意见的环境，开拓学习者的思维空间，充分体现学习者的主体地位。

5. 要注重利用各种信息资源来支持"学"

为了支持学习者的主动探索和完成意义建构，在进行多媒体教学软件设计时，要为学习者提供各种信息资源。这些信息资源除了用于辅助教师进行讲解和演示外，更主要的是用于支持学习者的自主学习和协作式探索。

四、理论基础与教学软件的性质和特征

多媒体教学软件设计的理论基础是指导软件设计思想的源泉。而在不同的指导思想指导下制作的多媒体软件在制作风格、制作思路和制作方法等方面都是不同的，进而制作出不同类型的多媒体教学软件。所以，多媒体教学软件所依据的理论基础直接影响多媒体教学软件的类型。以行为主义学习理论为指导而制作的教学软件，其主要特征是重视对学生进行知识传授、信息刺激方式的设计和应用研究；以认知主义学习理论为基础而制作的多媒体教学软件，重视学生对知识的理解和认知结构的重建；而以建构主义学习理论为基础制作的多媒体教学软件，则注重学生对知识的意义建构，重视对学生能力的培养。

第五节 外语教学的基本理论

一、外语教学理论所研究的范围

外语教学理论研究的范围简要来说包括以下几点：第一，是要研究外语教学的本质特征问题，即语言是什么。语言是一种交际工具，是人类区别于其他动物的一种文化载体和文化象征。研究外语教学的本质，还必须研究外语学习者的生理、心理及各种可能影响到外语教学的因素（如语言环境、教学环境等）。第二，是要研究外语教学的目的、环境和实施手段等问题。教师培训、课程设计、教材编写、课堂教学、测试等都是外语教学实践过程中极为重要的环节。外语教学理论研究要为所有这些实践活动提供科学的理论指导。第三，要研究外语教学的方法。外语教学作为一种特殊的教学活动，既涉及一般的教育学和心理学问题，又有其自身的特殊性。因而外语教学法研究既要研究外语教学中如何贯彻一般教育学和心理学原则，更要研究符合外语学习规律的外语教学方法和手段，还应研究如何在信息技术条件下实施外语教学等问题。

二、外语教学理论研究的发展趋势

总体说来，现代外语教学研究发展趋势表现在三个方面：其一，它注重对外语学习主体的研究；其二，它强调语言使用的研究；其三，人们开始反思传统的教学方法，这使得信息技术辅助英语教学可能成为新的教学方法。

（一）学习主体研究

过去，英语教学的研究人员比较关心的是教学法的设计、教材的编写等问题，而近年来，他们的重心开始从“教”转向“学”。发生这种转变的原因主要是：首先，当今教育界非常重视“以学生为中心”这个热门话题，学生的个性特点已经成为教学计划的重要考虑因素。学生的年龄、性格、动机、学习风格和认知特点都会影响他们学习外语的方法和进展，学生间的这些差异应该认真对待，学习个性化应该成为 21 世纪教育的特点。学习者在语言学习过程中积极主动的作用已得到母语习得研究和外语学习研究的证实。学习者策略研究对我们揭示外语学习过程的本质也具有一定的启示意义。最后我们终于意识到：在外语教学中考虑的重点不再是我们该教些什么，让我们设计一个大纲、一套教材来教这些内容，而应该是促进外语习得的条件是什么，我们如何在外语教学课堂中创造这些条件。因此，优化教学环境和教学过程成为现代外语教学研究的重要任务，而了解学习主体的特点和需求，设计、开发以学生为中心的教学方法和手段是促进教学环境和教学过程优化的前提。

（二）语言使用研究

外语教学界意识到“要加强语言使用能力培养的重要性”这点，是得益于广泛深入的语言学研究。语言学理论一直是外语教学理论研究时的重要源泉。现代语言学研究的一个最大特点是由原来注重语言的形式分析逐渐过渡到注重语言的功能分析，或者说更加注重对使用中的语言的研究。社会语言学理论中有关交际能力的讨论对外语教学中交际教学法的兴起和发展有着特殊的贡献。交际教学法的提倡者们从社会语言学理论研究中吸取了有益的部分，构建了交际教学法的理论基础，同时又对交际能力的内涵以及培养外语学习者交际能力的途径和方法进行了深入的探讨。语用学介绍了如何在语言教学实践中具体应用一些理论。话语分析不仅描述了话语的语言结构特征，为语言教师选择教学的重点和目标提供了依据，而且还揭示了话语的文化特征，这对学生较好地理解和表达有极大的帮助。

（三）折中教学法的盛行

折中教学法和现代教育技术的使用成为现代外语教学实践的主要特点和趋势。外语教学界多年来一直为采用何种外语教学法争论不休，各派的支持者们各执一词，互不相让。传统外语教学中占主导地位的教学方法是语法翻译法和听说法，语法规则的讲解和操练成了传统外语教学的主要内容。随着交际教学法的兴起，语法教学在外语教学中的地位有所削弱。

现代外语教学呼唤折中教学法，因为竞争日益激烈的现代社会要求我们培养出综合素质高的人才。只有采用折中教学法，才能充分利用外语教学资源，发挥教师的主观能动性和独创性，在外语教学过程中既传授外语知识，又注重培养学生独立、多维的思维能力，跨文化交际能力，在外语交际中的适应和应变能力及临场发挥能力等心理素质，这样培养出来的学生才能满足社会发展的需要。另外，现代教育技术尤其是多媒体技术的迅猛发展，推动了多媒体计算机辅助外语教学，为外语教学开辟了一个新途径。

三、外语教学研究的三个层次

处理提出了外语教学的三个层次：基础、中间和实践。第一层次是外语教学的基础理论，如语言学、社会语言学、文化人类学、心理学、心理语言学和教育学等；第二层次主要讨论的是如何利用第一层次的理论确定教学目标、制定教学大纲、设置课程、编写教材、培训教师等，同时还研究学习者的心理和学习过程；第三层次是对第二层次所确定内容的实践，教学方法研究是这一层次的重点。将这三个层次重新定义为本体论、实践论和方法论，使外语教学研究的轮廓更加清晰。将外语教学研究分为这三个层次，将外语教学的复杂性、跨学科性刻画得淋漓尽致，并全面展现了与外语教学相关的学科领域，进而证明外语教学研究应该覆盖所有的三个层次，而不能像过去一样仅研究外语教学法。一种科学的外语教学思想应该是在一定的语言学、心理学等基础理论的指导下，通过对外语学习主体的认知心理、学习过程和学习需要进行仔细的分析研究，并利用现代教育技术的发展成果，确定教学目标，制定教学大纲，编写教材，培训教师，设计教学方法和手段。信息技术辅助外语教学显然是一个方法论层次上的问题，因为它主要探讨的是外语教学如何运用多媒体手段优化教学环境，提高教学效果。但是，我们还是有必要先看一看外语教学的本体论层次和实践论层次。

（一）外语教学本体论

本体论层次，又可称为哲学基础层次。研究目标是语言和语言使用的本质以及外语学习过程的本质。目前，我们至少可以肯定语言有如下几个本质特征。

1. 语言是人最重要的交际工具，语言是社会交际需要和实践的产物

语言在交际中才有生命。人们在使用语言过程中才真正学会使用语言。语言在使用中，变化发展，获得新的生命。

2. 语言具有特殊的生理基础

任何语言教学，必须考虑到学习主体的生理和心理基础，即年龄和认知基础；必须把语言作为一种交际工具来教给学生，因为只有在实际交际过程中，学习者才能真正理解学习语言的目的，才能真正学会运用语言进行交际。

3. 必须把语言作为一种符号系统来教

因为只有通过对语言形式及其组合规律的分析，学习者才有可能更经济、有效地学会该种语言。不仅如此，外语教学本体论还应该对外语教学具有的规律和特点加以研究，从而使外语教学工作者充分认识到外语教学与母语教学本质上的异同。

语言学的重要作用在应用语言学研究，包括外语教学和外语电化教学中表现尤为突出，如果说 20 世纪 40 年代之前，语言学研究成果对外语教学的影响不太明显的话，那么 40 年代以后，由于语言学发展趋向成熟，心理语言学、社会语言学、语用学等语言学的分支学科纷纷建立，为外语教学解决了很多困扰已久的问题，其作用不可忽视。其中以结构主义、功能主义、交际能力概念影响最为深远。与建构主义语言学相对应，学习理论也从 60—70 年代的行为主义、80 年代的认知主义发展到 90 年代的建构主义。作为认知主义的一个分支，建构主义认为学习是学习者在外部环境下（包括教学环境、家庭环境直至整个社会环境）主动建构意义的过程，强调以学生为中心，“情境”“协作”“会话”和“意义建构”是学习环境中的四大要素。实际上，建构主义语言学和建构主义学习理论的根本出发点是一样的，它们都强调说话人或学习者的主体作用和环境的促进作用，认为学习是从简单到复杂的意义建构。建构主义的这些思想对以学习者为中心、以提高语言交际能力和综合素质为最终目的的外语教学，尤其是多媒体计算机辅助外语教学软件制作，具有指导意义，已成为 CAI 和 MCALL 研究和实践的重要理论基础。

（二）外语教学的实践论

将外语教学的实践论层次定义为“外语教学的具体实施，内容包括外语教学的组织结构、教师培训、教学大纲的制定、教材编写、听说读写能力的培养、测试评估等等”，并提出了以下五条外语教学实践的基本原则：一是系统原则，要在外语教学中突出语法教学的作用；二是交际原则，在整个外语教学过程中，教师和学生必须时刻记住学习外语的最终目的是为了用外语进行交际；三是认知原则，在外语教学的过程中，教师应注意引导学习者发挥自己的主观能动性，根据自己的特点，创造性地培养自己的学习方法和习惯；四是文化原则，跨文化意识的培养，是外语教学的一个重要组成部分；五是情感原则，情感原则包括对学习者学习外语的动机和态度加以引导，以及对学习过程中学习者的其他感情因素，如性格、兴趣、情绪等方面的培养或控制。这五大原则适用于任何形式的外语教学。它们应体现在教学大纲的制定以及外语教学实践中。

随着社会政治、经济发展对人才培养需求的改变，随着外语教学目标的改变，教学大纲、教材、教师培训内容、测试以及教学方法都应随之改变。在日新月异的 21 世纪，为了快速有效地培养高素质的复合型外语人才，我们更应该对外语教学的各个方面进行深入细致的研究和综合改革。无论对外语教学的哪一个侧面进行研究都必须从社会实际出发，从学习者需要出发，只有在清楚认识学习者需要怎样的知识和能力才能适应社会需要之后，才能够确定正确的教学目标，制定合适的教学大纲，编写适用的教材，培训合格的教师，采用有效的方法，设计客观的方式。

（三）外语教学的方法论

将外语教学的方法和手段单列出来作为一个研究层次，足以说明它们对于外语教学实践的重要性。在同一个教学大纲指导下，不同的方法和手段会导致截然不同的教学。虽然外语教学界一直注重对教学方法的研究，但往往片面地考虑语言学、心理学和有关学习理论的影响，而忽略了社会和学习者的实际需要。外语教学方法论研究应该包括外语教学组织形式、教学手段和教学方法等研究。教学形式可以是课堂教学，可以是个别辅导或参加社团生活等；教学手段包括现代化的电化教学、电子计算机辅助教学等。外语教学方法论中最重要的研究内容是外语教学方法，教学形式和手段从属于教学方法。

过去，外语教学方法的设计和研究一直存在着以下明显的问题：一是复杂性。有的教学法对教学的每一个具体步骤都有规定，不够灵活多样，难以调动学习者的积极性。二是单一性。只强调语言的某一特性，忽视其他方面的因素。如直接法，只强调语言的结构特征，忽视语言的交际本质。三是排他性。许多教学法的设计者都先否定其他教学法的有效性，认为自己的方法最科学。的确，从它的理论基础，即对语言及外语教学本质的理解上，以及它的特定的教学目的来看，或许是很有效，但对整个外语教学过程来说，显然并没有一种完美的教学方法。

所以说，对于外语教学方法的研究必须基于这样的认识：教学方法本身并无优劣，教学方法要服务于教学目的；教学方法并非一套固定不变的程式，而是一种解决问题的途径和手段，教学方法的使用必须具有灵活性和实际可操作性；教学方法必须与教学目的与教学条件相适应。

只有采用适当的教学手段，学生才能够接受、理解、内化教学内容，也有利于调动学生的学习兴趣和积极性。因此丰富多变的教学手段是外语教学取得成功的一个重要保证。信息技术辅助外语教学是一个方法论层次上的问题，其宗旨就是采用适应现代社会发展需要的外语教学方法，运用计算机多媒体技术作为教学手段，优化教学环境和教学过程，使外语教学取得令人满意的效果，其重要意义显而易见。

外语教学研究的本体论、实践论和方法论三个层次相对独立，同时又互相影响，相辅相成。语言学、心理学和教育学等理论研究的成果为外语教学实践提供指导和借鉴以及合适的方法和手段保证教学大纲的具体实施，而外语教学实践反过来又能检验和丰富语言学等理论。从外语教学涉及的因素来看，外语教学是一个极为复杂的、立体的系统工程。

第四章 大学英语教师信息化教学能力及可持续发展策略研究

第一节 大学英语教师信息化教学能力

一、教师信息化教学能力的概念

对于“信息化教学能力”这一概念，目前国内仍没有形成统一的认识。目前主要有以下几种说法。

“目的说”强调教师形成与发展信息化教学能力的价值取向。信息化教学能力是指完成教学任务的综合能力，以促进学生发展为目的，利用信息资源，从事教学活动。李娟等认为教师的信息化教学能力包含信息化教学态度、教学理念、教学技能及信息化教学实施和教学研发理论与实践（教师为适应教师专业化发展需要而需具备）。

“技术学说”强调教学中技术的支持。信息化教学能力的关键在于掌握信息技术并将之付诸实践。比如，信息化教学能力指教师在先进教学理念指导下，借助现代教育技术与设备，合理运用教育信息资源与方法等开展教学活动的能力。信息化教学能力是指教师利用信息技术解决教学问题的能力，即能选择适合的信息技术手段，自主地收集、判断、呈现、处理、创造、传递相关的教育信息，解决教育问题的能力。

“组合学说”综合观照信息和教学中的各个部分。代表性的例子如“信息化教学能力是教学人员借助现代教育媒体，设计、开发、管理、评价教育教学过程，合理选择教学媒体，将学科教学与教学媒体有机地组合起来的一种能力，是在信息化教学实践中形成，优化教学效果的能力”。又如“信息化教学能力是教师在利用信息与传播技术通过教学设计、教学实施和教学评价等方式促进学生学习方式转变和促进学生信息素养过程中对学习资源和学习环境的综合利用水平”。

综上所述，认为大学英语教师信息化教学能力，是信息化社会中大学英语教师专业发展的核心能力。它是指在现代教育理论指导下，教师将信息技术、信息资源等与大学英语课程教学活动有机融合，促进学生信息化学习能力发展的能力。

二、教师信息化教学能力构成

“信息化教学能力”研究和论述较丰富。其结构有理论和行为两部分。理论上涵盖了学科内容的知识、资源、设计；行为方面的能力包括5部分：分析、设计、开发、实施和评价，每个部分都含有一级能力结构和二级能力结构。信息化教学能力是指教师将以计算机技术和网络技术等为核心的信息技术应用于教学当中，改善教学环境，革新传统教学，在教学实践中实现信息技术教育价值的能力。教师的信息化教学能力包括信息化教学意识、基本信息技术技能、信息化教学设计及实施能力。信息化教学能力分为6个子能力：信息化教学迁移能力、信息化教学融合能力、信息化教学交往能力、信息化教学评价能力、信息化协作教学能力、促进学生信息化学习能力。信息化教学能力是教师为适应教师专业化发展需要所具备的信息化教学态度、信息化教学理念、信息化教学技能以及信息化教学实施和信息化教学研发的理论与实践。信息化教学能力是指教师在利用信息与传播技术通过教学设计、教学实施和教学评价等方式，促进学生学习方式转变，并在提升学生信息素养过程中对学习资源和学习环境的综合利用水平。教师信息化教学能力包括：基本信息能力、信息化教学设计能力、信息化理念、职业道德、伦理及信息化教学实施能力。教师应该具备的8个方面的能力：现代教育理念；开拓精神和可持续发展的能力；不断掌握新的教学思想、方法、手段，进行创新性教学的能力；教学设计能力；教学研究能力；应用信息技术的能力；合理使用媒体的能力；学习资源设计和开发的能力。信息化教学中的教师只有具有教学能力、信息素养、科研能力和终身学习能力这4个方面的能力素质，才能适应现代教育和信息化教学的要求。其中的信息化教学能力包括3个部分：信息化教学设计能力、信息化教学实施能力、信息化教学监控能力。信息化教学技能，主要指英语教师应用信息技术获取信息的能力、信息技术与英语课程整合的能力、应用信息技术创新教学的能力。将信息化教学能力分解为4个方面：关于信息化教学的认识及态度，信息化教学的基本理论，实施信息化教学的技能技巧，信息化教学过程及教学资源的开发、管理及评估。

学科内容知识（CK）指本学科的基本知识、概念和理论方法等。它涵盖内容广泛，包括语言学和文学、语言和技能、交际技能、目标语文化、课程开发、教材开发和测试评价等。教师学科内容知识与其教学法知识（PK）是紧密相关，不可分割的。外语教师整合外语学科内容知识和教学法知识去理解具体问题、话题和议题，适当组织、表达、适应不同学习主体兴趣的能力，以及教授能力就是外语教师的学科教学知识。

在教师的知识结构中，教师的技术内容知识由技术知识与学科内容知识结合而成。

语言教师的技术标准包括：具有基本的技术知识和技能；能用技术整合教学知识和技能提高教学质量；能用技术记录、反馈和评价；能用技术促进交际、合作以提高教学效率。不难看出这 4 个目标存在着递进的关系。教师应该首先掌握技术的基本知识，这是基础。如果教师不具备的话，就无法整合技术于语言教学活动，更加谈不上利用技术进行高效的评价和反馈了。

终极目标是基于技术的自我导向学习、合作学习和实践共同体等，那是比较高端和复杂的。在整合技术时，外语教师需要牢记于心 3 个核心问题：对技术的掌握程度；技术与学科的整合；应用技术时的思辨性。整合的过程中，外语教师不仅运用技术，更需要运用技术支持来完成目标。其实，在整合技术与外语教学的过程中，教师的技术认知、学科、教学等是动态融合的，是其内在的联系共同构成了一个动态平衡的 TPACK 结构。

从根本上来说，无论是教学方法上的能力（教师）还是学习方法上的策略（学生），都是方法论的范畴。他们都是一种提出问题、分析问题、解决问题的高等思维，也就是一种方法论知识（Methodological Knowledge）。综上所述，教育活动的最终目的是实现教师和学生共同发展。这一过程中需要具备的知识和能力结构就是整合技术的学科和方法论知识。

三、大学英语教师信息化教学能力构成

随着外语教学改革和教育信息化进程不断深入，研究者们就教师应具备的素质展开了研究。从教育学、心理学、语言学、教育信息论等多方位的角度介绍了 21 世纪时代背景下高校外语教师应具备的素质。大学英语教师面临着入世后的各种挑战，教师的各方面素质，如知识结构、英语技能和科研能力等都需要加强，并论述了教师在这些方面应采取的对策。在提出信息时代下，教师的信息素养更为重要，是外语教学改革和教学质量提高的保障。大学教师信息化教学能力分为"信息化教学基础能力、一般信息化教学能力和学科信息化教学能力"3 个层次。每个层次又由不同的能力构成，并且 3 个层次逐层递进，教学能力的特殊性逐次升高。由于学科信息化教学的学术性，对大学教师来说，学科信息化教学能力是一种学术能力。

大学教师的信息化教学能力的形成需要具备一定的基础，主要包括智力基础和信息技术基础。大学教师的一般信息化教学能力具体表现为 3 种能力，即信息化教学设计能力、信息化教学操作能力和信息化教学监控能力。学科信息化教学能力是在一般信息化教学能力基础上，依据具体学科的特点而形成的更具特殊性、专业性更强的信息化教学能力。

大学外语教师应具有不断更新观念的能力；具有教育资源管理的能力；具有网络文化的判断选择能力；具有团队和大协作的无私精神；具有对技术进步的敏感性和发展预测能力；具备科学的网络环境下的学习文化观等良好品质。

高校英语教师应有将语言教学变为信息化教育的能力，同时有语言教师的职业特性，

包含以下几点：从信息技术意识来看，语言教学是一种信息的交流与传播。其中以学生学习为引领，学生语言学习信息观被老师信息技术的情感意识左右。因此，作为应用信息技术的领航人，应对信息技术及其教学应用有十足把握的信念，建立现代语言教学的信息观，熟练运用不同的信息工具及资源，同时革新自身信息技术知识与技能，培养学无止境的态度。对于信息技术知识要进行理解性掌握，掌握现代教育理论和信息化教育理论以将实际过程中信息技术与语言教学相结合。在信息技术技能上，互联网的最大优势就在于它有强大的信息资源，可以给外语教学提供大量资料。基于以上，操作信息技术的基本技能具体指：可以用不同的信息工具及软件高效准确地检索、查询、下载和组织信息；用编码、转换、压缩分析信息并合理呈现；通过电子邮件、网络在线讨论指导协作学习等。在融合信息技术与课程教学方面需要利用信息技术的优点：能合理有效地设计实施教学；把信息技术运用于教学活动，以培养学生的研究性、创造性和自主性学习；利用信息技术建立新的教学环境和模式；以信息技术为依托评价教学过程和学习活动。

大学英语教师应该具备的基本“信息－教学”能力有以下几个：第一，用好“活书”。网络环境下，以超媒体技术为典型的多媒体对大学英语的教材影响很大，大学英语课堂的内容日趋动态化和立体化。其立体化主要体现在除了文字之外的动画、声音和仿真三维景象的呈现。网络的链接和共享使得教材内容在网络平台上得到交流和扩大，课本变成了“活书”。大学英语教师必须具备良好的使用“活书”进行信息教学的能力，教会学生学好“活书”。第二，选好资源。网络使得学习资源具有全球性，多种多样的英语学习资源在全世界流通，形成一个巨大的资源库。这些种类繁多的学习资源良莠不齐，教师必须具备良好的能力来选取合适的教学资源，优化整合，提供给学生。第三，设计好虚拟环境。大学英语课堂的教学环境具有虚拟化的特征，教学活动可以不受时间空间的限制。教师应该具备良好的设计虚拟环境的能力，根据课堂教学主题、文化背景、技术环境等设计好虚拟场景、虚拟教室等虚拟的外语教学环境。第四，运用信息化教学方式。信息化教学有着自主化、个性化、和合作化等特色。教师应该担任好引导者的角色，利用网络教学优势，教会学生使用信息技术并进行自主学习；要因材施教，根据不同学生的具体情况进行个性化教学；还要注重教学相长，平等的参与到学生的学习中去，与学生合作完成学习任务。在各项学习任务中，教师的设计、组织、评价任务的能力也是必须提高的。

将网络信息技术有效地融合于外语教学之中，创建新型教学环境，发展和提升创新精神与实践综合能力。信息技术将教学模式变为教师“主导”、学生“主体”。教师在各个阶段起主导作用。其中，将学生转变为主动自主探究学习是很重要的。教师需要培养学生听说读写译的能力和创新型人才这个概念。阐述了信息技术与课程，解释了信息技术与大学英语课程整合的目的和本质的方式。

综上所述，大学英语教师信息化教学能力是指教师将现代信息化教学技术应用到大学英语教学中，即教学设计、教学实施、教学评价中，促进学生学习方式的转变和信息能力的提高。广义上讲，大学英语教师信息化教学能力指的是终身学习的能力、良好的信息素养、科学研究能力、发展自己的能力等；狭义上讲，它主要指与具体的教学活动相关的一切能力，包括信息技术与学科课程整合能力、大学英语教师信息化教学能力、信息化教学设计能力、信息化教学资源设计与开发能力、信息化教学实施能力、信息化教学评价能力、信息化教学监控能力等。

第二节 大学英语教师信息化教学可持续发展理论基础

马克思主义唯物辩证法告诉我们：世界客观事物都是相互联系、变化和发展的。随着科学研究的不断深入发展，不同的学科不再是沟壑分明、相互排斥，而是彼此相互联系，出现交叉重合的跨学科。面对日益层出不穷的教育问题和教育现象，教育学也不能再局限于自身的学科，而开始从社会学、心理学、人类学、经济学等人文学科中获取更多新鲜观点，甚至把视角转向看似毫无联系的生态学。20 世纪 70 年代，美国哥伦比亚师范学院院长、著名教育家劳伦斯·克雷明（Lawrence Cremin）在《公共教育》（Public Education）一书中提出"教育生态学"这一概念。

所谓"教育生态学"，就是运用生态学的基础原理和基本方法来研究教育学的一门崭新的交叉学科。具体来说，把生态环境、生态功能、生态圈、生态系统等生态学的基本概念和生态平衡、生态竞争、生态良性循环等生态学的基本原理，引入或移植到教育学上，把整个教育体系看作一个生态系统，积极地运用生态学的基本规律来探讨教育中的各种问题，突出教育具有如同生态一样的系统性、整体性、持久性和可再生性。

其中，生态位理论是生态学中的重要基础理论之一，早已广泛地运用到教育生态学的研究中，尤其重视生态因子对整个教育生态系统的影响。整个教育生态系统是一个彼此联系的有机构成体系，任何一个生态因子出现变动，都会影响整个教育生态系统原有的稳定性和平衡性。面对新的教育生态环境，我们需要积极运用教育生态位理论加以指导，明确新元素的生态位，重新给予它科学的定位，做出全新的调整，让整个教育生态系统趋于良性循环的动态平衡。

将教育视为有机的复杂生态系统是教育生态学的理论核心，教师能力发展是教育系统中的子系统。在该系统中，主体是教师，物质基础是教师专业素质，它们与其相关的组织环境构成教师能力发展的生态系统。整个发展过程与内外环境密不可分，与环境相互依存、动态平衡、协同发展，具有泛生态性。

生态学包含 3 个重要的部分：生态系统、生态平衡以及生态位。生态系统是生态学基本单位，各种生命现象在这个单位中相互竞争且相互依存。生态平衡是一种动态平衡，是通过生态系统的演替发展，借助内部组成系统和外部环境的相互关联及作用，并依靠系统不断地自身调节来实现平衡。生态位，是指每个生物单位所处的时空位置决定其本身的形态和特有行为。

用生态学视角看英语教学信息化的发展，就是用生态学的原理来研究英语教学信息化发展对外界环境的作用与反馈，同时研究发展中出现的各类不同现象（如失调现象）以及出现这类现象的原因，与此同时还要探究其发展的基本规律。

随着信息技术和网络技术的不断发展，信息时代已然来临。信息技术应用于教育领域的一大表现就是教育信息化。本文首先介绍了信息化教学能力的相关概念，之后就英语教师信息化教学能力提升探讨了其重要性和相关策略。

近年来，慕课、微课、大数据、云计算等新一代信息技术席卷教育教学领域，促成了教育的信息化。教育信息化可理解为运用现代教学理念，依靠现代信息技术和信息资源，不断变革教学模式，实现教学观念、教学内容、教学方法、教学评价、教学实施、教学设计等方面的信息化。在教育信息化不断发展完善的今天，教师的信息化教学能力成为学界关注的焦点。简单来说，教师信息化教学能力就是信息化时代教师实现专业发展所需要的核心能力。就英语学科来说，英语教学改革从未停止。例如，网络技术与教育结合而形成的多媒体英语教学模式是一种新兴的教学模式，对提升学生的英语学习兴趣有着不可估量的作用。[2] 但是信息时代的到来给我国英语教学提出了更高的要求。当前我国英语教师的信息化教学能力还有待进一步提升。

一、教师信息化教学能力

在探讨教师信息化教学能力之前，首先要探讨的是信息化教学。信息化教学就是基于现代教育理论和思想，运用现代教育技术，开发教育资源，优化教育过程，培养学生的信息素养，从而提升教学的实效性。在信息化教学中，教师的角色和主要任务发生了一定的变化。教师不再只是单纯地面授知识、占据课堂教学的主体地位，而是逐渐向助教式教师转变、在课堂教学中起引导作用。教师的绝对权威被打破，学生的主体地位得以确立。教师也不再只是局限于书本教材，而是将目光转向了优质的网络教育资源和数字化教材。教师的主要任务从教授书本知识转向了运用现代教育技术构建师生实时交流的平台，打造智慧课堂，建立真正的“无围墙校园”，促进学生的全面发展。

随着教育信息化的发展，学界将关注的焦点从教学硬件转为教师观念、教学实施、学生信息素养和综合能力提升等方面，而针对教师信息化教学能力的研究也如雨后春笋般大量涌现。教师所具备的有关信息技术的知识和技能是实现信息化教学的必备条件和基本条件。也就是说教师信息化教学能力集中体现了教师运用现代教育技术的能力。教师信息化教学能力就是在信息化环境下，教师利用相关信息技术手段合理选择、加工并筛选优质的信息化教学资源，使其发挥最大的效益，从而促进学生发展、完成教学任务的综合能力。具体可以分为：信息化教学设计能力、信息化教学实施能力、信息化教学管理能力、信息化教学评价能力、信息化教学监控能力、信息化教学创新能力、信息化教学教研能力、信息化资源整合能力等方面。

随着全球一体化进程的不断加快，英语的重要性越来越凸显。作为一种交际语言，英语可以实现不同国家间的沟通交流，因此英语的学习应该跟上时代发展的步伐。在教育信息化的浪潮下，英语正在逐步进行信息化教学改革。我们应该抓住机遇，扬长避短，将信息技术与英语课程进行深度融合，积极创新英语教学模式，提升英语教学质量。其中英语教师信息化教学能力的提升是促进改革成功的重要方面之一。

二、提升英语教师信息化教学能力的重要性

（一）信息化时代要求英语教师提升信息化教学能力

信息化时代下，互联网技术的不断发展使人们分分钟就能接触到海量的知识，同时信息的更新速度之快也给人们更新自身知识带来了挑战。时代的信息化必然带来教育的信息化。这不仅是信息化与教学相互融合的过程，也是教育思想的革新过程。教育信息化是社会信息化的重要组成部分，而教师的信息化发展是实现教育的信息化发展的关键一环。信息化时代下，英语教育的内容、观念、思想、方法、模式等都发生了深刻的变革，这就给英语教师的知识结构体系和能力素质提出了更高的要求。显然，教师再墨守成规，固守传统的英语教学模式，就会与社会脱节，不利于学生英语能力的提升和英语教学效率的提高。

教师专业发展一直是各国教育学界普遍重视的问题，其囊括了教师所具备的全部职业能力。英语教师信息化教学能力的发展是英语教师专业发展的重中之重。在面对海量的教学资源时，要如何依据英语的学科特点选取合适的资源，并进行合理加工，最终以恰当的现代教育技术手段或者多媒体教学手段实现知识的传授是当前信息时代教师面临的一大考验。其中教师的信息素养能力、信息资源开发能力、学习资源加工能力、教学媒体选择能力等有待进一步提高以适应教育信息化的发展。此外，伴随新的教育理论和教育技术的出现，英语教师将会面临更多的新问题。其解决方法之一就是不断提升英语教师的信息化教学能力。

（二）英语教师信息化教学能力目前还存在一些问题

第一，不少英语教师在观念认知上存在问题。首先，他们认为用 PPT 代替传统手写或打印的讲稿就是把信息技术与英语教学结合在一起了，认为自己能运用 PPT 就是拥有了信息化教学能力。这显然是不正确的。这只是对现代教育技术与传统教学模式简单机械的叠加，不是真正的信息化教学。其次，部分英语教师害怕挑战，不愿改变，职业发展动机不强。一方面。他们对传统的英语教学模式存在一定的依赖性，认为在教育信息

化的浪潮下不进行变革也能实现自身教学能力的提升，也能在教学上取得良好的成就。另一方面，他们未能正确认识到教师这一职业就是要培养社会所需、时代所需的高素质人才，忽视信息化时代对学生信息素养的要求，忽视学生希望运用丰富的网络资源进行学习的要求，忽视信息化教学是当前教育改革的必由之路，忽视自身职业发展的重要性，缺乏职业发展的内在动力支持。

第二，一些外部因素导致英语教师信息化教学能力的提升。首先，一些学校对教育信息化的重视程度不够，无法给英语教师信息化教学能力的提升提供相应的指导，而且相关监督措施也不到位。其次，一些学校的硬件设施较为落后，无法满足信息化教学的需求。正所谓：巧妇难为无米之炊。没有相应的硬件设施做基础，教师根本没有办法开展信息化教学，更遑论提升自身的信息化教学能力。

三、提升英语教师信息化教学能力的策略

（一）英语教师自身要转变观念，自觉提升信息化教学能力

信息化时代下，英语教师要转变自身观念，认识到课堂讲授的知识不再是学生获得新知识的唯一来源。教师自己也不能仅仅向学生讲授教材上的知识。在信息化教学中，教师是学生进行自主学习的引导者，并与学生一道共享海量信息资源。因此，教师应该自觉提升开发和整合海量信息资源的能力，灵活运用现代教育技术优化英语课堂教学内容和设计，激发学生学习英语的兴趣，切实提高英语教学的实效性。

此外，英语教师还应确立终身学习的观念。信息化时代的到来使得信息和知识的更新速度加快，教师专业发展呈现出动态化的特征。为实现信息化教学能力的提升，英语教师必须一直保持自主学习的状态，时刻学习新知识和新技能，使碎片化的知识实现系统化，逐步建构、更新和完善自身的知识和理论体系，实现自身信息化教学能力的可持续发展。

（二）加强对英语教师信息化教学能力的培养

学校应该有针对性地对英语教师的信息化能力进行多样化培养。例如开展信息化教学技能、教学设计、教学方法、教学评价等全方位培训，使教师熟练地将信息技术应用于课堂教学；有计划安排教师参加最新的学术会议，使其能够时刻了解信息化教学的前沿问题；定期聘请相关专家来校做讲座，并开展示范课活动，使英语教师能够近距离接触信息化教学模式；定期开展信息化教学设计大赛，促使教师不断反思自身的信息化教学方法，实现信息化教学能力的提升。

（三）构建良好的英语信息化教学环境

首先，学校应该构建良好的硬件环境，完善信息化教学的相关设施，为英语信息化教学保驾护航。其次，学校应该积极推进数字校园建设，为教师信息化教学能力的提升提供必要的平台和前提条件。最后，学校应制定一些切实可行的激励措施和考核机制。

综上所述，信息化时代下，丰富英语教师的信息化知识体系，提升英语教师信息化教学能力素质，不仅是进行英语教学改革的要求，也是实现教师专业发展的需要。因此学校应该积极创设信息化教学环境，加强相关培训，促使教师自身改变观念，让教师得以在教学实践中获得信息化教学能力的提升。

第三节 大学英语教师信息化教学能力可持续发展策略

一、国家、高校、个人整体努力

整体性是生态系统最重要的特征，也是生态系统最主要的客观性质。整体性包括三个方面：和谐性、有序性和动态性。汉斯•萨克塞指出，"生态学的考察方法是一个很大的进步，它克服了孤立的思考方法，使'一切有生命的物体都是某个整体中的一部分'这一观点被广泛认可。"

教师专业发展是一个完整的生态系统，所以就会有"牵一发而动全身"的整体效应表现。具体说来就是，这个系统中的某部分有了改变会导致整个系统发生改变，那么当其中的某个部分发生了有益的改变则会给其他方面也带来较好的发展，从而带动整体的进步。之所以会发生带动关系是因为系统内各个部分之间是相互联系并且相互作用的。举例来说，班集体作为一个较小的教育生态系统，如果其中有一位优秀的同学起到了带头作用，那么就会带动班集体中其他同学的进步，从而使整个班集体都产生进步，这就是整体效应。当然整体效应也有消极的一面。因此，教师专业发展必须关注各个环节，各个组成部分，不能孤立地看问题，应该从整个发展系统着手发展自己。

作为整个社会生态系统的一份子，大学英语教师也身处各种外在环境（包括自然环境、社会环境、规范环境）之中，因此，大学英语教师是否能够有效地运用现代信息教育技术，还是和这些外在社会环境与社会氛围有关，与周围的人群有着紧密的关联。

就信息技术教师生态系统而言，从宏观上来说，影响其生存状态的因素包括政策制度因素、教师培训因素等；在中观层次上表现为学校层面的各个因素：学校物质条件、人为环境、职业、时空因素等；在微观层次上来说包括动机因素、自我效能因素等。

良好的环境才能促进教师的专业素质发展，但是教师专业发展的环境涉及多方面因素，包括政策、规章制度、管理者是否对此足够重视、是否满足教师的实际发展需求等。决策者和管理者应该充分认识到教师生存状态对于教师能力发展的重要性，合理分配资源，从而调动教师的积极性，为其创造最适合的外部生态环境。具体来说就是，学校应该了解信息化教学，明确工作考核细则，重视并持续落实开展教师信息技术能力培训。从大学英语教师生态主体来说，应注意自身的计算机效能感，具体而言，大学英语教师应尽量克服由职业带来的身体以及心理上的负面影响，例如辐射、压抑等。教师应学会自我调节，不断提升自身适应能力。总而言之，决策者和管理者应尽可能地创造最适度的生态环境，能够让教师乃至教学朝着更好的方向发展。

（一）国家层面

良好的高校教师发展制度是保障教师质量，进而提高高等教育质量的必然要求。现如今，教育信息化是大势所趋，这受到了国家的高度重视。相关政策的出台，也为其发展提供了强大的制度保障。信息化发展的大环境对英语教师专业素质提出了更高的要求和挑战，因此在高校建立良性发展机制非常有必要。这样的机制能够使教师不断学习、提高自己，同时有利于实现促进教师终身学习的目的。相关部门和高校应该共同努力，促进专业素质发展的合理机制构建，为其发展提供制度保障。

针对当前所面临的困难和挑战，各部门应该相互协同合作，充分利用信息技术，搭建一个智能化网络师培平台，从而使教师可以通过该平台进行相关的信息技术培训，让教师时刻掌握最新教改资讯。这个平台的建立为专家和学者提供了一个更为便捷的交流和相互探讨最新教改动态的场所。网络师培平台是从国家到省级到校级的平台，并通过各类软件、数据等对教师进行各方面的培训。

网络生态环境系统包括微观系统（一般指教研组、学术探讨小组等）、中观系统（例如院系、学校相关部门等都属于该系统，其相关环境因子可以是评价体系、管理机制等）、外系统（包括教育部、省教育厅等在内，相关环境因子则是指外语教学课程大纲、外语教师入职标准等）以及宏观系统（指大范围的外界环境如国际社会、文化等，和该系统相关的环境因子则是指经济全球化、国际化教育、社会态度等）。

（二）学校层面

学校领导和相关部门应高度重视教师专业素质的发展，实行国家出台的相应发展政策，为教师专业素质的发展拓宽路径，优化教师发展机制，保持英语教师专业素质稳定高效地发展。具体措施如下：一是学校领导必须高度重视信息化工作，为信息化发展加大宣传力度，营造适宜的发展气氛，使信息化教育的重要性深入教师内心。二是制定合理的发展规划，完善信息化发展的相关规章制度，使相关技术的培训能够规范化、制度化、系统化。三是加大资金的投入，加快建设网络发展平台。四是完善教师培训机制，为教师发展提供时间保障，鼓励教师国内外进修、攻读学位等。五是改革教师评价制度，建立能够激励教师发展自身专业素质的机制，激发教师的积极性与主动性。六是努力构建学习型组织，为教师提供更为专业自主的发展空间。

二、建立多元化的发展模式

（一）构建教师信息化教学共同体

构建信息化教学共同体是实现信息化发展的一条非常重要的途径。“学习共同体”是指一个团体中包含学习者和助学者，并且这二者在学习过程中共享学习资源，共同完成相应的学习任务，共同体成员之间相互影响、相互促进。通过与这样的一个特殊共同体交流，教师可以取长补短，优化自身知识结构，共同探讨如何优化教学技术手段。这对于教师共同体和教学资源的高效开发是双赢的局面。在共同体的交流中，可以给教师更为强烈的归属感，为该共同体的发展奠定良好的基础。这个共同体的形成可以是教师自发的，也可以是组织规划的，比如可以把各个年龄层、不同兴趣的、教学特点不同的教师有目的地组织在一起，使这个群体更多样化。

此外，不同学科甚至不同学校的教师也可以组成学习共同体，每个教师都是不同的个体，能够更容易地跳出自我的圈子，更快速开放地实现与他人的合作，从而超越自我。拿慕课来说，尽管这或许会加剧竞争，但是也为教师之间，师生之间提供了合作的机会，使教师快速成长。

网络学习共同体能够有效地为教师提供个性化需求，教师还可通过新兴网络渠道如贴吧、博客、个性空间等形式与其他教师搭建沟通渠道，更便捷地展开交流与协作。

学校要积极动员并引导广大教师掌握信息化教学技能。此外，学校还应多兴建一些数字化多媒体室，在校园多个位置安放上网设备，提高网络速度，为网络共同体的发展创造一个便捷舒适的环境。

（二）混合式信息化实践体系

教师通过自主学习、教师与他人的协作交流、教师所参与的教学实践等方式发展其能力。

1. 以自主学习为主的知识积累

教师的自主学习是不可或缺的部分，自主学习可以被看作促进信息化教学能力发展的基础条件。教师通过自主学习能够积累更多的技术知识，能够促进信息化的发展。教师教学技术知识的绝大部分是通过教师自主学习习得的。教师的自主学习在信息化社会中，不仅仅是一种过程，更像是一种方式，甚至可以说是一种能力。通过自主学习，教师能够将离散的知识进行系统整理，使其专业发展更动态化、终身化，使其专业发展成为一种可持续发展。因此，要想实现信息化教学能力的可持续发展，教师的自主学习是必不可少的。

2. 以教学实践为主的应用迁移

新西兰将教师使用信息技术的熟练程度分为 5 个阶段，分别是关注、学习、理解与应用、熟练与自信、在其他情景的运用和创新运用。教师将自己获得的教学技术、知识转变成实践应用，是教师个人信息化和教学能力高低的重要体现。因此，应在信息化社会中，实现信息化教学在新情景中的应用迁移。信息化教学实践，并非是简单的教学实践，而是智慧与实践的有机结合。正如本书前面所论述的，该形式的教学实践有效地促进了信息化教学智慧的生成。这种实践是将信息化知识向教学实践的转化，可以称它为“理论化的实践”。这种“理论化实践”，使教师信息化教学能力在“行动中反思”，并最终达成了“实践中理论”的生成。

因此，教师要以教学实践为主，实现信息化教学理论与实践的完美融合，并结合反思，最终缔造出信息化教学智慧的结晶。

3. 以协作教学为主的对话交流

协作化教学能力，主要是指教师能够通过教学观摩、教学研讨、协作交流、协作教研等不同类型的活动，提升自身整体信息化教学能力。帕尔默指出，“任何行业的成长都依赖于参与者分享其经验和进行诚实的对话，教师共同体中有着丰富的资源能够促进教师成长。”信息化协作教学，能够促进教师间相互交流，能够促进教学资源和教学经验的共享，从而全面促进信息化教学能力的发展。在信息化社会中，强调教师以协作教学为主的对话交流发展策略，更具发展的时代性。

三、教师信息化教学能力生态位扩充

“生态位”是生态学的新兴概念，生态系统的整体性特征也在其中有所反映，最早给生态位下定义的是格里利（Grinnel），他把生态位定义为“恰好被一种或一个亚种所占据的最后分布单位”，也被称为“空间生态位”。埃尔顿（Elton）通过动物的地位及其与食物和天敌的关系这两个角度解释了生态位，将其定位为“物种在其群落中的功能作用与地位”，被称为“功能生态位”。哈钦森（Hutchinson）利用数学上的点集理论，把生态位看成是一个生物单位（个体、种群或物种）生存条件的总集合体，同时提出“多维超体积模型”，并为现代生态位理论奠定基础。

从多位学者从不同侧重点对生态位的研究成果的阐述可以看出，生态位讨论的是单个物种或生物单位的周围生态空间的情状。可以将生态位定义为单个生物体在特定的生态系统中与其他要素相互作用的关系。

同理，教师也具有自己的“生态位”。即教师在特定环境中与其他个体之间的关系，这些关系都会直接或间接地对教师专业的发展起到一定作用，甚至有可能影响到教师对自己“教师”身份的认知与态度。每位教师的背景不同，工作环境也不同，所以每位教师的生态位图系都是独特的。

生态系统最基本的功能和特征就是以生物群落为核心的能量流动和物质循环。从生态规律来看，教师从环境中获取促进自身成长的资源，然后将这种资源运用到教学活动中，其实就是教师与周围环境的相互作用，这种相互作用让教师更好地发挥自身的功能，从而稳定自己的地位，获取更多的资源。所以得出这样的结论：在特定情况下，教师的生态位就等于教师成长过程中所拥有的全部信息资源和精神能量，是下一阶段教师发展的基础，又称为"态"；而教师成长过程的实质就是二者之间信息和能量的转换。而教师如何扩张其生态位，则体现了教师生态位变化的可能性与趋势，又称为"势"。

由此可见，在教师成长过程中，并不是所有环境因素都有价值。只有有效的资源才会起促进作用。教师自身的主动成长，是一种由内向外的扩展过程；而环境对教师成长的促进，则是一种由外向内的渐进影响的过程。

从本质上来说，生态位揭示的是生命体内部之间或者是生命体与外界环境之间的一种极为复杂的关联关系。特定时期的教师生态位可以指出教师在学校系统中的空间位置，也能明确指出教师在学校系统中发挥的功能和所需的资源，甚至还能体现教师的整体综合状态。教师发展就相当于是教师个体或群体生态位的拓展，从生态位理论角度来看，教师学习能够有效地促进教师生态位的拓展。教师生态位拓展方法见下。

（一）提高教师信息技术的自我效能感

一是丰富教师的计算机知识和经验。随着教师的计算机知识和计算机使用经验的增加，教师对计算机使用的焦虑感会逐渐减少，这会提高他们的计算机自我效能感。因此，要更多地给教师提供使用计算机的机会，并对其进行恰当的指导，使他们的计算机使用经验更为丰富与熟练，从而提高计算机自我效能感。二是加强教师对计算机软件的控制感。如果教师能感到自己对计算机有一种控制感，那么他对计算机的焦虑感就会有所降低。因此，大学英语教学软件开发者可以设计简单实用的导航系统，使用户直接清楚地了解如何使用这款软件；另外，也可以设计一个完整的帮助系统使使用者更加有控制感。三是引导教师进行积极的绩效归因。如果教师认为好的绩效来自他们个人的努力，那么就能有效提升教师的计算机自我效能感；如果认为绩效好只是因为运气好，这就不能有效提高自我效能感。因此，当面对技术难题时，教师要有足够的信心，相信自己一定能够达到预期的效果，逐步提高自身的计算机自我效能感。四是提供难度适度的学习任务。Campbell 和 Wood 认为当一件工作的组成要素越来越多时，就表示该工作的困难度越来越大。工作困难度过大，则会降低个人的自我效能感。Bandura 指出的自我效能的 4 个来源中对自我效能感影响最大的要数"掌握的经验"（mastery experiences），即用户亲历的直接经验。

总之，教师在发展过程中，设计的任务要难度适中，同时要坚信自己一定能够掌握发展规则，提高自我效能。而且应该考虑将知识讲解与实践经历相结合，让教师能有更深刻的一手实践经验，并及时补充自己，最终提高其计算机自我效能感。

（二）教师进行自主发展

生物体存续的基本状态表现为生物体主动与外界交流，不断拓展其生态位。因此，想要实现教师自身生态位的拓展，就得通过自主学习来获取更多的发展空间和资源。教师发展与教师培训存在明显的差距，教师发展更强调自主性。对外语教师的专业发展来说，自主发展意识与能力是外语教师专业发展的内在动力，反思则是专业发展的有效途径。

教师的自主性主要分为内在和外在两个方面。

内在自主是指教师具有自我开发和自主规划的潜能。这主要体现在以下 3 个方面：一是教师要秉持终身学习的信念。教师应不断扩展自身专业知识、提升自身教学能力，随着教改模式的改变适当调整自己的知识结构。二是教师的自主性要充分体现在课堂教学上。教师应多开展灵活的课堂教学，通过不断调整教学方法吸引学生的兴趣；适当地在教学手段甚至教学环境上做出改变，做到因人而异，对不同的人采取不同的指导策略。三是通过教学反思评价自身的教学过程，通过不断地反思，实现自身的发展及教学方式上的改善。

外在自主则是指教师在所处环境中能够进行自我支配。外在自主内涵体现在：一是让教师拥有更多自主权。学校应充分支持和鼓励教师创新，形成具有教师个人独特风格的教学方式。二是建立完善教师评价制度。将过程性评价与结果性评价二者相结合，做到评价有突破，体制有创新。大学英语教师应该与大学英语教学改革进程同步发展，加强自身终身学习的意识和能力，才能更好地应对来自各方的挑战，从而胜任这份工作。外语教师专业发展从本质上来说是教师的一种自主自觉的行为，教师在巩固知识的基础上，不断提升教学能力和自身修养的过程。

教师的自主学习主要表现为以下几个方面：首先，对学习资源有灵敏的嗅觉与触觉。教师必须清楚自己的学习需求，竭尽所能地关注可能成为学习资源的资源，及时获取对自己有益的资源。其次，选择正确的学习方式。教师要选择适合自己的学习方式，学习教育理论。资深的教师可以从讲座中受益颇多，而年轻教师则可以通过与专家或资深教师互动获取经验。再者，对学习内容的警觉性。来自教育专业领域的公共知识对教师也有很大作用，但不能仅仅对教师进行公共知识的被动灌输。最后，及时反思。教师应及时反思自己的学习过程，找出其中的问题，在后续教学活动中加强对自我的监控。

（三）注重教师发展的适切性

适切性具有两面性。从消极影响来看，学习者周围的各种环境和资源必须能够吸引学习者。因此，学习者应该从自身主体的需要和环境作为出发点来选择学习内容。从积极影响来看，适切性反映了学习者的能动性。何为能动性？通俗地讲就是学习者主动地适应环境，从环境中自觉地寻找一切有益因素并为我所用。适切性可以从以下几个方面来具体阐述。

第一，从历时的角度看，适切性意味着我们应关注教师在不同阶段的学习目标和学习内容。随着发展阶段的不断提升，教师的需求也不断增加，学习内容也应该不断提升难度，符合教师现实专业发展需求。

第二，从学习风格来看，适切性意味着尊重教师学习方式的差异性。每位教师都有其自身的学习风格，自然也有着各自的学习方式上的差异。因此，理论与实践应更好地结合在一起，从多方面适应教师的需求，为教师提供更好的学习环境。

第三，适切性学习要求学习环境的灵活性。学习环境会从各方面对教师学习产生影响，通过合理设计教师的专业环境，达到激发教师学习热情的效果。

第五章 大学英语教师信息化教学能力发展实际应用之多模态英语专业教学

第一节 多模态与相关概念解析

目前，学术界对多模态研究中的核心概念认识还比较模糊，因此混用现象比较严重，国内学者对这些术语的翻译也常有不同，有必要进行深入的探讨和界定。本节从大学英语多模态课堂教学实际出发，以语言学理论为基础，借鉴教育技术学、社会符号学、计算机科学、传播学等跨学科研究成果，对与多模态研究密切相关的三组术语分别进行界定，并重点讨论媒体间性、模式与模态之间的关系，以及大学英语课堂教学话语的多模态属性。

一、媒体、多媒体、超媒体与媒体间性

（一）基本概念

1. 媒体（medium）

媒体也称媒介，指传播信息的载体和渠道。

按照教育技术学的分类标准，媒体包括感觉媒体、表示媒体、显示媒体、存储媒体、传输媒体五大类，既包括信息传播过程中，从传播者到接收者之间携带和传递信息的一切形式的物质工具，也包括人类感觉系统，例如，纸和笔、教室中的黑板和白板、扩音器、录音机、计算机、投影仪、课堂表演使用的物质道具等，又如视觉、听觉等感觉。

按照语言学的标准，媒体则可分为语言媒体、非语言媒体两大类。语言媒体以语言为信息载体，包括语音、文字和副语言，副语言的具体举例如语调、口音、语气、音色、音质、音强、语速、停顿、节奏等。非语言媒体指非语言的物质媒介，包括交际者的身

体动作和交际者在信息传递和意义表达中所使用的非语言手段，包括工具、环境等。换言之，非语言媒体包括肢体动作和非肢体媒体。非语言媒体传播的研究也是一个热门话题，因为人类生活中的非语言传播现象极其丰富。

2. 多媒体（multimedia）

多媒体是将两种或两种以上的文字、图形、图像、视频、动画或声音等传递信息的媒体结合在一起的信息技术，往往通过计算机进行综合处理和控制，在屏幕上将多媒体各个要素进行有机组合，完成一系列交互式操作。

多媒体技术具有集成性、实时性和交互性，能够综合处理声、文、图等信息。课堂教学中，教师根据教学对象、课程性质、课程类型、教学目标、教学内容，合理利用动画、视频、摄像机、电视机、互联网、语料库、计算机、白板系统、平板电脑等多媒体手段，有效地吸引学生注意力，帮助学生理解重点难点，丰富课堂信息量，增强互动效果。多媒体技术已经成为大学英语教学中不可或缺的教学工具，以多媒体教学技术为支撑的混合式教学模式已经成为大学英语教学的主流模式。

3. 超媒体（hypermedia）

超媒体是超文本和其他媒体在信息浏览环境下的结合，超媒体系统是使用超链接（hyperlink）构成的全球信息系统，即因特网上使用 TCP/IP（传输控制协议 / 网际协议）和 UDP/IP（用户数据包协议 / 网际协议）的应用系统。万维网就是超媒体的一个经典例子，随着 4G、5G 手机的普及，超媒体已经成为数字化教学潜在的媒体形式。

4. 媒体间性（intermediality）

媒体间性也称媒体相互性，指的是现代媒体的相互关联，即媒体之间从信息内容到技术形式的转换、交互、综合与演变。

探讨媒体间性，有利于课堂教学媒体、教学模式和教学模态的创新，有利于课堂"教"与"学"的观念更新，有利于课堂"教"与"学"环境与文化的改进。例如，随着数字化移动通信工具在高校学生交流和学习中的普及，以超媒体为载体的"泛在式"学习逐步进入课堂教学，过去课堂教学中曾经被视为干扰物而往往被老师强令"关机或静音"的手机，现在却随着微博、微信等网络通信系统的诞生以及 MOOCs 资源的普及而用于课堂交流与互动。

这个例子表明，手机作为一种媒体，过去仅仅意味着打电话、发短信，所以在课堂上被禁止使用；但现在随着泛在式学习的普及以及多媒体、超媒体的广泛应用，手机就不只是一个电话、短信传递载体，而是变成了一种有效的教学互动工具。这里，手机媒体被赋予了新的内涵，不仅成为一种新的信息表达和交流的模式，还改变了教师的教学理念、教学方法，促进了课堂互动的学习文化。

（二）教学媒体系统

在现代教育技术条件下，一名成功的大学英语教师必须在课堂教学中充分利用多媒体教学条件，采用多种话语模式，最大限度地调动和促进学生的多模态学习。熟悉常用教学媒体，任课教师可以在课堂教学设计中有意识地进行媒体选择和搭配使用。大学英语课堂教学媒体系统也可作为大学英语课堂教学评价及课堂话语研究的参数，在教学设计或者教学评价中，可以通过对课堂教学媒体及其搭配、使用时间、使用效果等进行标注和分析。

人类进入新媒介时代（new media age）或者数字时代（digital age），现代信息技术迅猛发展，多媒体技术给教与学都带来了广泛而深远的影响。教师更要与时俱进，关注媒体的演进规律，及时掌握新媒体，创新课堂教学媒体形式，优化课堂教学环境，更新教与学的文化、观念和方法，改进课堂教学效果。

二、模式、模态、多模态及其相互关系

（一）基本概念

1. 模式（mode）

模式是指有组织、有规律的表达和交流方式，不仅包括静止的图像、手势、姿势、言语、音乐、书写等基本形式，也包括由上述基本形式构成的新的形式，例如视频会议。

根据社会符号学，模式不仅指表达和交流信息的方式，也指传递信息的符号渠道。在系统功能语言学研究中，模式也用来指“话语模式”（mode of discourse），即口头、书面、电子、身体动作等交流渠道。任何一种话语模式都是通过某一种媒体表现或者通过几种媒体协同表现的，采用不同媒体可以产生不同的交流模式，模式的使用和变化在一定程度上影响信息的流动和话语特征。以教师“讲课”为例，教师可能一边播放 PPT 讲义课件，一边口头讲解，一边在黑板上补充板书，甚至配以动作示范，实际上同时使用了言语、手势、姿势、动作、板书、电子等多种交际模式。可见，模式的概念侧重于信息生产的过程和方式，是具有意义潜势的符号资源。

2. 模态（modality）

模态是事物通过一定模式（mode）、方式（manner）或形式（form）所表现的属性（attribute）或情形（circumstance）。

不同学科对模态的划分标准不同。模态作为信息接收者所感知的话语模式，既是媒体表达信息的结果，也是人们通过感官（sense）感知的交际结果。系统功能语言学和社会符号学认为，人们通过一系列具有意义潜势的符号进行交流，主要有语言（文字）、言语（声音）、副语言、图像、肢体动作、音乐等模态；认知科学则从人类的感知通道出发，把模态分为视觉、听觉、嗅觉、味觉、触觉等模态。

模态的概念应该兼顾上述两种标准，分为宏观、微观两个层次：宏观上，以感知通道为标准，模态指的是信息受体通过感官（senses）对交流模式的感知形态；微观上，模

态则是具有意义潜势的符号资源，是媒体通过交流模式表达信息的结果。

在多模态话语研究中，可以先从宏观入手，然后再细化为微观的符号系统。例如，课堂上学生的阅读行为，从感知通道角度分析，这是一种视觉模态，但从符号资源角度分析，它还可以细化为具有意义潜式的图、文两种模态。随着多模态研究的深入，国内外学者从多角度界定和探讨模态，比如，根据表达媒体的性质，把模态划分为物质模态、感觉模态、时空模态（spatiotemporal modality）和符号模态。

3. 多模态（multimodality）

多模态指的是通过整合、编排或编织多种不同模式的符号资源而形成一个语篇。

从人类感知通道的角度来看，多模态就是同时使用两种或两种以上的模态。人类生活在多模态的世界里，人们通常都是运用多模态来感知和交流的，例如，学生在课堂上学习，一边听老师讲（老师的"言语"模式所对应的是学生的"听觉"模态），一边看老师的动作演示和在黑板上的板书（老师的"手势""姿势"和"书写"等模式所对应的是学生的"视觉"模态）。值得注意的是，有些模态，按照感知模态的划分标准，只是一个单模态，但涉及两种或两种以上符号系统，也就是说，按照符号系统多少的划分标准，这些模态也是多模态的。例如，报纸上的一篇新闻报道只涉及视觉模态，但它既有报纸的特定版式、色彩、字体，又有新闻的图片和文字，所以，我们常常也把报纸视作多模态的一种形式。

（二）相互关系

1. 模式与模态的区别

目前，学术界对"模式""模态"两个术语的使用比较混乱：一方面，由于两个词在不同学科有不同的使用传统，很难在话语学研究中取得共识；另一方面，模式和模态在一定条件下常常会相互转化，例如，在课堂教学中，书面表达模式通常表现为"语言"（文字）模态，口语表达模式通常表现为"言语"（声音）模态，PPT 既是表达信息的电子模式也是一种模态组合。

从课堂多模态教学研究的实际出发，应该对模式、模态加以区分，以便准确把握课堂话语的主体特征、主体间性和教师的教学理念，因为模式强调的是信息传递者以及信息的传递方式和意义潜势，重在输出，而模态强调的则是信息受体以及信息的认知和解读的结果，重在输入，如果课堂上学生大部分时间仅仅通过听觉和视觉两种模态，很少参与说、写和表演等学习交流模式，那就说明这是一节以教师为主导、缺乏交际互动的课堂话语。所以，一堂有效的语言课不仅需要学生运用视、听模态，还要求学生通过充分的口头、书面、电子、身体动作等交际模式，主动参与课堂话语建构。这样，学生在课堂上经常是"边听、边看、边写、边说、边演"。"听"（听到的是言语）和"看"（通常看到的是文字或其他有意义潜势的符号）是学生作为信息接收者的主要模态，侧重于语言输入；而"写"（文字）、"说"（口语）、"演"（身体动作）却是学生的语言输出行为，是学生主动参与课堂话语构建的表现模式。在分析课堂教学话语中，不仅要分析学生作为信息受体的各种“模态”，还要分析学生作为传递信息主体的口头、书面、电子、身体动作等交流模式。这就要求话语研究者要动态地把握模式与模态之间的关系，既要从信息流动的角度把握模式和模态之间的转化关系，还要结合不同的语境，根据不同的模态划分标准去分析真实的课堂话语。

2. 媒体、模式、模态之间的关联

媒体、模式和模态三者之间主要体现为交流工具、交流渠道、交流结果的关系；同时，它们之间的关系通常比较模糊，相互交错，在一定的语境下，它们还会相互转化，有的模态既是媒体，也是一种交流模式，例如教师在课堂上通过口头、书面、电子、身体动作等四种话语模式（mode）组织教学；学生作为信息受体，在课堂上主要使用了听觉、视觉和动觉三种模态，或者按照社会符号学主要使用了语言（文字）、言语（声音）、副语言、肢体动作等模态；同时，在课堂上，学生也是信息传递者，常常使用多种媒体手段，通过口头、书面、电子和身体动作等交流渠道，进行信息反馈和互动，例如学生“边听边写”，“听”是学生作为信息接收者的模态（听到的是教师的言语），而“写”却是学生的一种再表达了，应该归入模式（mode），课堂上教师和学生所使用的媒体，模式、模态种类及其比例，能够反映一节课的话语结构，也能反映这节课的教学模式、教学方法甚至教学效果。

（三）英语课堂教学中的话语模式和模态系统

任何一种话语模式都是通过某一种媒体表现或者通过几种媒体协同表现的，采用不同媒体可以产生不同的交流模式，模式的使用和变化在一定程度上影响信息的流动和话语特征。

英语课堂教学实践中，师生主体的话语模式主要包括口头、书面、电子、身体动作等交流渠道，有多种话语模式共同参与的教学活动的教学效果是显著的。所以，教学过程中，教师既要善于运用各种话语模式，促进学生进行有效的模态输入，还要有意识地组织学生调动各种话语模式强化输出，改进课堂教学的效果。学生是课堂学习的主体，作为信息受体，学生在课堂上的主要模态及其使用频率能够反映甚至可以决定一节课的教学模式、教学方法、教学效果。

在大学英语课堂教学实践中，因为课型、教学对象、教师观念和教学模式等方面的不同，各种模式或模态发挥的作用也不尽相同，往往有主次之分。根据多模态研究的需要，我们把其中处于主导地位的那种模式称作“主模式”，而把其他处于辅助地位的模式叫作“辅模式”，辅模式对主模式起着强化、补充、调节等作用，各种模式协同地实现课堂教学话语意义。同样，我们也把模态分为主模态和辅模态。例如，英语写作课堂话语的主模态是通过书写模式呈现的文字模态，但也常需要通过视觉（阅读文字）、言语（口语表达）等辅模态强化输入，促进写作教学，即所谓的“以读促写”“以说促写”的写作课堂教学方法。

三、话语、多模态话语与课堂话语

（一）基本概念

1. 话语（discourse）

"话语"这一术语长期以来被十分广泛地以不同目的运用于不同的学科和各种思想流派，不同学科对话语有不同的理解视角和研究方法。例如，在话语语言学里，话语是指能够完整地表达某种思想或意思的文字或语言，是比句子更大的语言单位。根据超语言学和符号学，话语指的是以表述（utterance）为基础单位的活生生的言语整体。话语学界和系统功能语言学还常用 text（"语篇"或"文本"）指代话语的概念，不少学者同时使用 text analysis 和 discourse analysis 而不做区分。

话语、语篇、文本之间的关系本身也是一个非常复杂、颇有争议的问题，这不是本研究所要解决的问题，我们采用 discourse 这个话语语言学术语。

2. 多模态话语（multimodal discourse）

多模态话语是相对于单模态话语而言的。根据话语涉及的模态数量，只有一种模态的话语是"单模态话语"，如广播仅涉及听觉（言语）模态，一份文字通知仅涉及视觉（语言）模态。同时涉及两种或两种以上模态的话语就是"多模态话语"。根据社会符号学，多模态话语则指在一个交流成品或交流活动中不同符号模态的混合体。换句话说，在一个特定的完整的话语中，不同的符号资源协同地构建意义，实现交际目的。

通过整合模态的两个不同标准，把多模态话语定义为"运用听觉、视觉、触觉等多种感觉，通过语言、图像、声音、动作等多种手段和符号资源进行交际的现象"。

3. 课堂话语（classroom discourse）

课堂话语是话语的一个特殊类型，是课堂上师生为了一定的教学目的，运用一定的教学手段，通过一系列有组织有计划的教学事件而协同建构的话语。外语课堂话语不同于一般的课堂话语，语言在这里既是一种交流手段，也是学习的工具，还是学习的目的。所以，语言和言语始终是外语课堂话语中起主导作用的教学媒体、教学模式和教学模态。在外语课堂教学中，文字或口语是主模态，但也需要通过图像、肢体动作等模态予以补充。

（二）大学英语课堂话语的多模态属性

随着现代信息技术的日新月异，以及人类交际模式的日趋多样化，话语的多模态现象日益显著，这就是话语的多模态化。话语的多模态化反映了媒体形式的多样性、人类活动的多维性、人脑结构的完备性和复杂性以及人类认知的多模态性。

作为现代话语的一个突出特点，话语的多模态化在课堂教学话语中表现更加突出。

在基于计算机和课堂的多媒体教学模式中，大学英语课堂话语具有典型的多模态属性。这是现代信息技术与大学英语课堂教学整合的结果，也是大学英语教师更新教学观念的结果。为了优化学习者的语言输入，促进语言输出，强化语言交际和课堂互动，大学英语教师普遍采用了丰富多彩的多媒体、多模式、多模态教与学的手段。

在多媒体、多模式、多模态大学英语课堂教学条件下，对媒体、多媒体、媒体间性的研究，有助于把握新媒体的演变规律，创新课堂媒体形式和文化，对模式、模态的对比研究，有利于大学英语教师加强课堂教学设计，教师既要充分利用多媒体教学条件，最大限度地调动学生以听觉、视觉等模态为主的多模态学习，促进学生的语言输入，更要指导学生合理使用多种媒体手段，通过口头、书面、电子和身体动作等多种交流模式，强化反馈、互动等输出机制，开展积极、有效的语言学习。

第二节 多模态课堂教学的原则

多模态课堂给英语教学注入了新的血液，使课堂教学模式多元化，活跃了课堂气氛，但多模态的使用不是不加选择的，也不是使用越多教学效果就越好。多模态学习像是一把双刃剑：处理得好，可以把学习者的注意力集中在知识点上，强化记忆力，提高学习效果；处理不好，会分散学习者的注意力，发生对知识点记忆的干扰。因此，教师应根据教授的课程内容，选用恰当的模态和媒体。模态的内容选择要以增加正效应为原则，同时处理好教师、学生和多模态之间的关系。

一、多模态课堂教学的有效性原则

课堂教学首先应当是富有成效的，其有效性是由教学的目标性所决定的根本属性。课堂教学是一种目的性很强的活动，通过教学，要使学生掌握知识，习得技能，发展智力，形成态度和相应的品质。可以说，有效性是教学的生命。

要确保有效性，课堂教学就必须遵循基本的教学规范，具有合理的教学设计、清晰的教学思路以及完整的教学环节，课堂教学必须有一个明确可行的目标定位，其实施过程必须符合基本的教学规律，关注个性差异，保障充分参与，实现有效互动。因此，合规范性、合目的性和合规律性是实现课堂教学有效性的重要保证。

多模态内容的选择要正确处理好整体和部分的关系、强化关系以及前景、后景关系。教师可以通过选择某种合适的媒体来提供具体信息，通过声音图画等模态，强化重点知识内容，而通过多种模态媒体交替使用来共同完成教学任务。在外语教学中，语言交际处在前景中，而其他模态提供背景。在教学中，用现代技术提供美丽的图片、幽默的简笔画、与主题相关的音乐、生动的环境介绍，可以使学生积极参与，集中注意力，例如，运用英文电影辅助教学时，在观看影片之前教师简要介绍影片的历史文化背景、主要内容和人物关系，激活学生脑中的图式知识，帮助其更好地接受新知识。另外，要认识到多媒体是为教师和学生服务的工具，不能替代教师在课堂上的讲解及与学生的互动，教师的言语、姿势和多媒体所呈现的多模态应该得到充分整合。总之，各种模态形式的使用都要服务于教学内容，是对教学内容的强化和促进。

二、多模态课堂教学的交互性原则

多模态课堂教学的交互性原则，即互动性，包括人际交互和人机交互两方面。语言学习是通过人与人的交互、学习者内心的交互以及人与环境的交互而实现的：通过交互，学习者可以把新知识内化为自己的知识；没有各种有意义的交互，就没有语言的习得。

交互性是由语言学习的实质所决定的外语教学属性。目前，大学英语教学改革中普遍遵循的“教师主导、学生主体”的教学原则就是主体间性理念的重要体现，尽管交互性突出以学生为中心，但在课堂人际交互中，教师的新课输入及反馈的质量也至关重要，而且以输出为驱动的教学活动也离不开教师的组织、协助和参与，课堂教学中，师生之间、学生之间的交互程度不仅反映教师所采用的教学模式、教学方法，而且往往影响着课堂教学的效果。

随着计算机网络技术在大学英语教学中的普及，这种交互性还体现在人机互动中。交互式教学模式在大学英语教学实践中的运用，改变了传统课堂教学中的人际交往模式，也彻底改变了传统的教学原则和组织原则。交互性原则不仅是一个教学组织原则，也是一个学习行为原则，既能反映一名教师的教育理念和课堂教学方法，也能反映学生的学习理念和有效学习的策略。

和谐的多媒体大学英语课堂涉及的是教师、学生和多媒体之间的关系。目前，大多数英语课堂中的多媒体教学主要是教师应用，诸如用 PPT 做成的课件代替传统的板书，即把数字化文本放在计算机上让学生学习。文本配备了相关的图片、声音、视频等，提高了学生学习英语的兴趣，同时也给教师带来了新的挑战，学生过多地将关注力集中在资料丰富的课件中，可能会减少师生的互动。

多模态课堂的实现是以双方或多方的互动为前提的。多模态课堂与现实语境中的情景一样具备了即时、能动参与的可能性。学生应该介入交互话题，参与形成交际结果，以获得各自不同的交际体验与学习成效。在多模态课件设计过程中，要充分考虑到师生互动、每个问题知识的呈现要给学生充分的考虑时间。同时，可以通过让学生做多模态课件、对学生作品录音录像等形式，让学生充分参与体验多模态课堂，从而实现教师、学生和多媒体的互动，发挥多模态话语的最大优势。

三、多模态课堂教学的适配性原则

适配性主要指学生的学习参与程度，也包括教师在学生学习活动中的参与度，不仅体现在时间上，更重要的是体现在参与方式对有效学习的影响程度。例如，学生在课堂上“读课文”与学生就课文内容“讨论”，这两种学习方式的参与度就有很大的差别。

假如说有效性原则强调的是课堂教学的目的性，那么交互性原则关注的就是课堂的教学模式、方法和手段，适配性则是考察一节课的有效性与交互性的标尺。教学活动的主体、行为模式及其在课堂教学中所占的实践比例是观察学习参与度与适配性的重要指标。

在选择不同的模态时，要考虑不同模态之间的相互配合，以获得最佳搭配为标准。例如，几个独立的模态单独都可以产生正效应，但组合在一起则可能配合不佳，甚至相互摩擦，从而降低总体效应。又如，口头讲解和角色扮演都是有效的方法，如果在角色扮演的过程中教师非要做讲解，必然会影响角色扮演对能力的培养作用，产生不了应有的效果。

适配性原则还体现在：教师作为专业课程开发的主体，要以研究者的身份进入课堂教学，发现问题，采集数据，运用教学实践经验进行多层次、多角度的分析，使自身的实践和教学内容形成理论上的理解和建构。外语教师还必须了解不同学科、不同场合、不同目的所使用的不同语言文化形态，从而采取不同的传道方式指导和帮助学生。通过言语、视觉、听觉各个模态间的连贯适配，达到教师、学生和多媒体之间的和谐。

综上所述，多模态话语分析基于系统功能语言学，将语言、图像、声音、动作等都看作意义的源泉，同样具有系统性和多功能性。大学英语教学通过协调各个模态之间的关系，使得教学交际更加顺利、有效地完成。多模态话语分析作为新兴的研究方向，还须做进一步的探讨。

第三节 多模态课堂的教学设计

多模态的大学英语课堂教学设计，重视课堂的教学环节，但并不拘泥于传统的教学环节，而是充分吸收第二代教学设计理论先驱人物梅瑞尔关于教学设计的E原则（effective，efficient and engaging）及其提出的展示论证新知原理、尝试应用新知原理、聚集完整任务原理、激活相关旧知原理、融会贯通掌握原理五项首要教学原理，综合运用间性理论、多媒体认知学习理论、输出驱动—输入促成假设等理论，探索有效的大学英语课堂教学模式。

教学设计是课堂教学成功的基础。大学英语课堂教学设计应该遵循教育学、心理学和语言教学的规律，其任务是根据大学英语教学要求、标准及学生学习实际，合理把握教学观念、教学模式、教学技术、教学技巧等因素，对教学目标、教学内容、时间安排、教学方法、课堂组织、教学媒体、学习活动、学习评价等做出明确的规划与设计，利用多媒体、多模式、多模态教学优势，把有效性、交互性与适配性的多模态教学原则贯穿于英语课堂教学设计中。

多模态课堂的教学设计还要以间性理论、社会建构主义学习理论、输出驱动假设、多媒体学习认知理论、情境认知理论等为指导，突出教学设计的整体性、教学主体的互动性、教学的多模态化和跨文化性。每节课的教学设计都应该在以下五方面有所侧重，或者重新组合、取舍。

第一，课堂导入。不同的教学模式、教学内容、教学目标、教学条件，教师采取的课堂导入方式都会不同。

例如，在翻转课堂教学模式中，课堂导入的前提就是学生课前进行充足的预习和反馈。学生通过预习教材，观看教材光盘，了解本节教学目标，在对预习中存在问题进行反思的基础上，通过 E-mail、QQ、微信或课程论坛等，向老师反馈问题。教师及时整理学生反馈的问题，有针对性地准备授课方案和教学资料，修订基于师生互动的教学计划。

在课堂导入中，教师必须清楚地了解学生容易产生误解的根源，有意识地引导学生运用所学知识和技能寻求解决问题的途径和方法。这种互动式教学对教师具有挑战性，教师必须走出传统的、以有准备的讲授为主的教学模式，要运用新的技术和资源，及时调整教学实施方案。课堂导入时，通常采用“对话问答法”，教师就事先整理好的、难度事宜、有代表性的问题，提问学生，或要求学生通过小组讨论后向全班汇报。学生结合预习情况，通过课堂上与同学交流讨论，激活了先前的知识和技能，领会到新知识。教师则通过聆听学生的对话、参与小组讨论或者与学生单独交流，促进教学互动，保障教学效果。

如上所述，课堂导入是实施新课教学的重要手段，旨在激活旧知识，联结新知识、新技能，导入的方法可以是问答法，也可以是小组活动法、情境法、视听法、背景知识导入法等。但不管采取什么样的导入方法，都要充分体现教师的主导作用和学生的中心地位，都应当充分发挥多媒体、多模式、多模态的作用，确保课堂导入的效果。

第二，信息呈现。信息呈现是讲授新课的环节，演示主体既可以是教师，也可以是学生或学习小组。

教师根据教学内容，可以有计划地选择部分教学内容，提前以小组合作项目的方式分配给学习小组准备，重视以学生和学习小组为主体的课堂展示与交流。为了确保学生或学习小组演示新课内容的效果，要求学生使用 PPT 等电子文档，并要求学习小组选派成员做好演示和解说脚本的准备工作，必要时，教师可以参与学习小组的准备工作，并对小组进行汇报的 PPT 予以把关。

在新课的讲授过程中，教师要注意选用各种不用的教学媒体、不同的新课讲授模式，既要突出多媒体环境下以计算机为演示工具的多模态教学，也要充分发挥语言学习中口头、书面、身体动作等交流渠道的优势，突出交互性，促使学生有效利用各种交流模式进行积极、主动的语言学习。

第三，同伴学习。同伴学习是新课讲授之后学生的任务型合作和讨论环节，包括结对、小组、角色扮演、辩论、讨论等各种活动。

进行同伴学习的目的在于通过交互式、真实性、建构性、分享型语言交际活动，领会和掌握新知识、新技能，培养学生的合作精神和批判思维能力。同伴学习还包括学生在课外开展的社团实践，这是学习社会化的重要方式。当然，同伴学习也可作为课堂不同教学环节的组织形式，比如课堂导入、信息呈现阶段的小组合作。

同伴学习是多模态课堂教学设计中学生中心地位的重要体现，在课堂中占据的时间比例一般比较大，正因为如此，教师的课堂设计就更加重要。教师必须围绕课堂教学目标，结合相关生活或工作场景，设计充足的教学任务，并组织学生以不同的活动方式试着运用所学知识和技能。

第四，学习强化。同伴学习和学习强化是一节课的核心，同伴学习和强化学习之间的界限有时候是很难划清的。

学习强化是在同伴学习的基础上，通过进一步的教学任务和教学活动，使学生强化所学知识和技能。学习强化教学环节与学习教学环节的手段、方法可以是相同的，比如，两个阶段都是通过 pair work 或者 group work，但两个环节的教学任务应当区别进行设计，同伴学习环节的任务尽量简单些，以模仿性、单一性应用所学知识和技能为主，而学习强化阶段的任务就要相对复杂些、系统些、与真实的生活或工作语境更贴近些。

第五，学习评价。学习评价既指课堂教学的一个环节或者学生课后的自我评价活动，也指教师在教学过程中的形成性评价。

学生既可以对照教学目标进行自我评价，也有机会体验教师如何对学生进行反馈和评价，以利于学生自我调整，达到预期目标。而教师的形成性评价则通过各种方式对课堂教学效果进行反思和评价，对学生的表现情况，特别是对学生在课堂教学活动上运用多模式交流互动的表现和学习效果进行客观的记录和评价，可作为学生学期总测评成绩的重要组成部分。

在课堂教学设计之外，我们还倡导多模态的社团实践（community of practice），加强课外学习，创新学习文化。

在计算机和课堂基础上的多媒体教学模式中，网络自主学习与协作学习是大学英语课程教学的重要组成部分，倡导社团实践有助于加强课外学习的效率，有助于创新协作型大学英语课程学习文化。

社团实践的学习理念充分体现了主体间性、文化间性和媒体间性的思想和原理，为大学英语课外学习提供了丰富的学习理念和方法。社团实践的学习理念主要包括四种：自然学习（a natural way of learning）、社会学习（social learning）、情境学习（situated learning）和动态学习（changing participation）。

自然学习要求充分利用大学英语各类学习资源和在线互动平台，倡导生态化的学习交流活动，组织学生开展真实的、有意义的语言学习与交流。

社会学习应结合社会发展的需求，加强ESP应用型课程建设和学习，培养学生适应未来社会生存和发展的外语文化素养和应用能力。

情境学习在学生与社会文化环境的交互中形成，特别是通过参与式交互，培育学生的多元文化素养、思辨能力，可以更好地适应未来生活和工作的需求。

动态学习是依据主体间性理论的重要课外实践学习理念。动态学习一方面要加强师生互动，推动师生两个主体主动参与各社团实践，丰富学校外语文化，另一方面要重视学生主观能动性，培养学生的社会责任感和伦理道德，引导其担负起社区的义务，成为有益的社区贡献者。例如，学生通过小组协作，调查研究当地涉外旅游中存在的标识语不规范问题，运用自己的英语优势和跨文化素养，纠正旅游标识语或广告中的错误，或者撰写推动本地涉外旅游文化可持续发展的研究报告，供旅游主管部门决策参考。

大学英语教学改革的关键是教师，必须充分调动教师主体的积极性和主观能动性，在课堂教学设计中落实改革理念。在实际教学过程中，我们发现，与这些伴随着数字化发展而成长起来的一代学生相比，任课教师的信息素养还普遍比较低，多模态课堂教学设计对大学英语教师具有相当大的挑战性，这也是在主体间性视角下给教学管理者的提醒，在数字化素养发展不平衡的师生主体之间，教师必须率先改革观念，主动为创新教学模式"放下身价"，乐于与学生合作，共同提高多元识读能力，充分利用多媒体教学条件，最大限度地调动和促进学生的多模态学习，使学生不仅通过听觉、视觉等模态加强信息输入，又作为交流主体，通过口头、书面、电子和身体动作等交流模式，强化反馈、互动等输出机制，实现有效的英语学习。

一、大学英语多模态课堂教学评价的意义与功能

课堂教学评价是提升高等学校教学质量的重要手段，而课堂教学评价标准的确定又是实施课堂教学评价的关键性环节。绝大多数学校没有制定适合英语教学的课堂评价标准，评价指标通常都集中在教师的"教"方面，而对学生的"学"关注不够。高校大学英语教师课堂教学评价应当根据教学要求、教学规律、教学原则及课堂教学目标，运用科学的评价技术、手段和方法，对教师课堂教学效果和课堂教学目标的实现程度做出价值上的判断，评价标准应突出大学英语课程特性，应当科学、有效地实施教师课堂教学评价，促进教师专业发展，提高教学质量。

传统的课堂教学评价通常以校方主导的教学督察为主，以学生学期对教师课堂教学的总体评价为辅，评价结果将作为教师评先评优、职称晋升等的重要参考。针对某一节课的教学评价，评价主体多为领导和同行教师，评价对象为教师及其课堂教学：在大学英语教育教学深化改革的背景下，大学英语教学部门越来越重视大学英语师资队伍建设，把日常课堂教学听课评课制度化，把讲课观摩比赛常规化，不断加强教师专业发展，改

革教学模式，改进教学效果。

大学英语课堂教学评价具有评定、改进、激励等功能。在大学英语教育教学改革中，教学主管部门应当充分发挥听课评课的功能，通过评定和激励功能，重在改进。实践证明，科学、公平、合理的课堂教学评价有助于调动教师参与教学改革的积极性，通过课堂教学评价，可以了解教师课堂教学的质量和水平、优点和缺点等；通过课堂教学评价所提供的反馈信息，可使师生明确教学目标的实现程度，明确课堂教学活动中所采取的形式和方法是否有利于促进所规定的课堂教学目标的实现，提高教学设计的意识和水平，积累经验，以便在以后的教学中更好地完成教学任务，不断提高教学质量。

二、多模态教学基础上的大学英语课堂教学评价

从不同的视角出发，评价一节课是否成功的标准各不相同，评价要素也各不相同。针对不同的评价目的以及不同的评价主体，可以采取灵活多样的评价活动。下面结合我们在大学英语多模态课堂教学评价中的实践和体会，根据多模态的总体原则和特点，简要分析大学英语多模态课堂教学评价的要素和指标。

（一）大学英语多模态课堂教学评价要素

开展课堂教学有效性评价工作，必须从教学系统四要素及其相互关系出发，特别要从大学英语多模态课堂教学实际出发。与常规课堂相比，大学英语多模态课堂教学是ICT教学技术与大学英语课程的整合与融合，它遵循“教师主导、学生主体”的教学结构，采用“自主、探究、合作”为特征的教与学方式，为学生构建一个新型的学习环境。所以，评价大学英语多模态课堂教学的效果，不能只停留在传统课堂教学评价的层次，必须充分考察教学媒体的重要作用，从信息技术与课堂教学整合的视角来看待。

根据多模态原则模型关于大学英语多模态课堂教学设计的原则和特点，我们认为，对一节课的教学评价，应当站在主体间性的哲学高度，从教师、学生两大要素出发，而将教学内容和教学媒体的评价分别融入教师、学生两大要素的评价之中。

1. 教师要素的评价

教师作为课堂“教”的主体，是课堂教学的设计者、实施者、组织者。在以教师授课为主的教学环节，教师是信息的载体，通过各种途径、方法，向学生源源不断地输送着知识信息、语言信息、思想信息、心理信息和学习认知策略信息；在以学生为中心的学习活动中，教师是有力的组织者、参与者和促进者，通过有效的教学任务设计和课堂组织，助力学生积极主动地探索知识和技能，培养学生的合作意识和批判思维能力。在整个教学过程中，教师的信息素养很大程度上决定着教师对教学媒体的使用和对教学模式的改革，决定着教师主导作用的高下，往往也决定着学生主体地位的落实和效果。

课堂教学的质量取决于教师的专业水平、教学水平、教学风格以及品行情操等诸多

因素，取决于教师的信息素养及其对媒体间性的综合运用效果，评价体系、评价标准以及评价主体不同，就会有完全不同的评价结果，课堂教学评价具有很大的主观性。但是，我们可以通过分析教师所设计的教学流程和教学活动，分析教师所采用的教学手段及其在整个课堂教学过程中所扮演的角色和表现，从而比较客观地了解教师是否完成了教学目标任务，判断教学效果是否理想。

2. 学生要素的评价

课堂教学评价中，不但要考查教师的教学设计、教学组织和行为表现，也要评价学生通过教学所发生的变化及取得的进步，特别是要考查以学生为中心的学习活动、学习方式、学习效果，因为学生是课堂"学"的主体。结合多模态原则模型关于多媒体、多模式、多模态课堂教学的原理，对学生要素的评价应当侧重于学生运用多媒体"学习"的模式（语言输出）和表现。

在以教师为主导、以学生为中心的"学"的活动中，学生是学习的真正主体。学生通过运用各种媒介和交流模式，独立完成或以同伴或小组等不同方式参与完成教师所设计的教学活动，学习语言知识，强化语言技能，提升跨文化素养和批判思维意识。针对学生主体的课堂教学评价，不仅要考查学生的学习表现，如学习动机、学习中心地位、学生参与度、自主学习能力与协作意识、批判意识，并通过对上述诸因素的分析了解学生的学习效果，还要考查学生自身对课堂教学效果的反思与评价。

（二）大学英语多模态课堂教学评价指标

基于教师、学生两个主体的评价，可以较全面地反映教学系统的四要素及其相互关系，也能帮助我们较为客观地观察课堂教学的目标、内容、方法、进程诸要素，进而恰当地评价课堂教学的效果。为了较为全面、客观地评价"教"与"学"的主体表现，了解教学媒体的使用效果和教学内容的完成情况，可以从教学目标、教学态度、教学内容、教学环节与方法，教学媒体及效果等方面对课堂教学进行综合的评价。

1. 教学目标

教学目标是否具体、明确；教学目标是否符合教学大纲、教材和学生的实际；课堂教学的进程是否来自并服务于教学目标；教学重点是否突出，教学难点处理是否得当，是否有助于完成教学目标。

2. 教学态度

备课是否充分；课堂上，教师的精神是否饱满，讲课是否富有激情、感染力强；教师的责任心是否强，治学是否严谨，是否能够教书育人。

3. 教学内容

内容是否具有科学性、启发性；内容是否充实；内容的深度、广度是否得当；教学内容是否能够认真落实教学计划；教学内容是否符合教学大纲，紧扣教材；教学内容是否联系实际，突出重点。

4. 教学环节与方法

教学环节安排是否合理，时间分配是否得当；活动任务是否明确，课堂组织是否得力；是否尊重外语学习认知规律，引导学生充分利用口头、书面、身体动作等交流模式强化语言输出；是否突出师生之间、学生之间的交互；是否关注学生参与度，注重交互效果；教学方法是否灵活多样、紧扣教学目标和教学任务。

5. 教学媒体与效果

是否有板书，板书是否整洁、精练、清晰、布局合理；教学语言是否准确、生动、清晰、简练、逻辑性强；教态是否自然，面部表情是否丰富，语气是否有亲和力；音质是否独特，语音、语调和节奏是否富有感染力；教具和演示是否形式多样，运用是否合理；课件是否直观、形象、有趣，演示是否恰当、适度，是否利于突出重点、分散难点；媒体、模式搭配是否科学、合理，利于多模态认知和学习。

三、以教师行动研究为驱动的听课评课活动

新媒介时代背景下，教学媒体在教学系统四要素中的地位和作用毋庸置疑。但是，我们绝对不能陷入技术决定论的陷阱，因为媒体间性必须以主体间性为主导，表面上的技术主导，在事实上是以主体参与为前提的主导，是主体间性与媒体间性的融合所呈现出来的客观教学现象。真正能给教学带来变革的，不是技术，而是先进的教学理念和方法。因此，在基于计算机与课堂的大学英语课程教学环境下，我们听课评课不能只关注媒体使用的多少、多媒体使用时间的长短、话语模式的多寡、模态搭配的好坏。在教师专业发展中，教师一定要把握住以促进“教”与“学”为根本宗旨的听课评课原则，树立正确的听课评课观念，心中始终装着“学生”，关注教学的效果。

听课评课的真正目的并非为了批评或筛选，其根本宗旨在于促进和提高。教师通过观摩同行授课，或者调查自己学生对自己课堂教学的评价意见，或者通过参与教学竞赛观摩讲评等活动，进行深入的反思和研究，重点分析同行在教学过程中所表现出的教学观念、教学策略和智慧。通过丰富多彩的听课评课活动，教师可以不断更新自身的教育教学观念，不断丰富自身的教学个性和风格，不断吸收同行的优秀理念、模式与方法，以便在研究中行动，在行动中研究，不断促进自身的专业发展。

同行听课评课是教师行动研究的一条重要途径。在听课过程中，听课者应当做好观察与记录。当然，观察什么，记录什么，取决于听课的目的以及听课者的听课观念、态度和素养。例如，假若听课的目的是观摩和学习一位优秀教师的教学风格和教学方法，那么，观察和记录的焦点就应当放在执教者身上，认真观察他的动作、表情、语态、教姿，观察他是如何设计和组织课堂教学活动的，观察他是如何调动学生积极性和主动性的，分析其设计的问题或任务是如何培养学生批判思维能力和协作意识的，等等，并及时记下自己的所见、所感、所思、所得。课堂教学时间是有限的，听课教师要充分运用表格、

教学流程图、思维导图等途径，使用关键词或者简练的句子记录，特别是记录自己对执教者教学实施优缺点的认知，反思观察现象背后的理念、模式和方法对自己的启发与借鉴之处。

假若听课的目的是通过观察课堂事件发掘学生参与度和教学效果，那么，观察和记录的焦点就应当放在学生身上，也就是说，要通过观察学生在课堂上的活动方式、内容和效果，分析学生的主体地位、课堂参与度和学习效果。这就要求透过课堂事件看本质。课堂事件类型不同，课堂话语的主体、内容、模式及风格就不同，课堂的教学效果也会截然不同。如果课堂上教师满堂灌，那么本节课的课堂事件主要是"教师讲课"，学生的参与方式主要是聆听，这样的课堂中，学生的参与度和教学效果通常不会高。但若教师采用任务型教学，通过设计和组织 role-play 课堂活动，让学生根据所学课文分小组进行 role-play，那么，role-play 这样的课堂事件中，话语的主体是学生，话语的内容是刚刚学习的课文，话语的模式是表演（这是学习金字塔中最富成效的学习方式），因而学生参与度也是最高的，学习效果也是不言而喻的。因此，假若听课的目的是评价学生参与度的话，我们就必须重点观察以学生为主体的课堂事件，详细记录每个课堂事件的主体、内容、方式、效果等细节，并根据课堂事件的类型，做好课堂话语分析，把握课堂教学的本质特征。

假若听课的目的是考查学生课堂参与度的话，那么，观察和记录的焦点就应当放在教师、学生主体及其运用各种教学媒体进行交流的话语量上。通过统计和分析课堂教学中的话语量，即单位时间内说话的总量，可以分析课堂话语的主体分布以及话语模式的比重和类型，并以此判定学生的课堂参与度。通过统计和分析教师和学生的话语量，可以很明显地看出师生的话语比重，确定学生主体地位的实施情况。通过统计和分析师生不同的话语模式所占的比重，特别是通过观察分析课堂的主体话语模式，可以更加准确地分析学生的参与度，判断课堂的教学效果。

话语量分布是检验课堂实际质量的最有效的指标。在传统课堂教学中，课堂话语量的分布明显地表现出教师的话语过多，教师习惯满堂灌，较少考虑学生的反应，学生基本上没有表达的机会，学生参与度过低，这样的课堂教学势必妨害学习的主体性和有效性。

听课不是目的，听课后的交流才是听课的实质意义所在。听课后的交流通常被称为评课。评课不仅包括执教者的自评，也包括听课同行的观点表达和咨询指导。这里的"评"字不仅仅是评价，更重要的是交流。因此，首先要请执教的老师进行自评。目前，我国高校所开展的教学督导活动中，由于听课评课主体不对称性，评课往往被视为督导专家指导青年教师的途径。但是，由于教学观念、教学领域、教学经历等多方面存在巨大差异，督导专家不能总是以专家自居，而要注意倾听青年教师的自我评价，通过交流互动促进青年教师专业发展。开展教师自评时，教师可以谈自己对教学目标定位及其与整个单元目标或学科目标的关系的理解，也可以谈自己对教学重点、难点的处理方式，以及学生课堂表现与教师最初设计之间的差距，等等。

教师自评之后就进入了实质上的评课阶段。评课者可以从评课标准、教师理念、学习目标实现等角度，明确地阐述自己的观点和立场，不仅要评价课堂设计、教学环节、教态表现等显性活动，更主要的是剖析课堂事件所体现出来的教学理念、教法和学法，引导执教者本人及其他一同听课的老师们深入反思，养成在行动中研究、在研究中行动的习惯，不断积累经验，把实践探究与理论创新有机结合起来，实现感性体验与理性思考的有机融合，把每一次听课评课活动都转化为一次集体智慧碰撞和个人专业成长的机会。

听课评课活动是教师行动研究的重要途径，其最终目的在于不断从听课评课活动中吸收营养，改进自我行动。听课评课后的创造性应用与实践，对于执教老师和观摩听课教师都具有重要的意义。教师是一个在实践中学习、在实践中反思、在实践中成长的专业群体，由外而内的意义建构对于教师的专业发展来说是一个必经的途径。经过听课后的认真思考以及评课的同行交流，教师可以在后来的教学实践中，结合自身的理解、风格、特点等，对于听课评课中的收获进行创造性的改造、应用，并进一步反思，再探索，再体验，再研究，以此类推，不断提高。通过听课评课活动，教师能够获得不同的思想交流、不同的观点碰撞、不同的经验分享和不同的设计借鉴，这些都是难得的学习资源和成长借鉴。

第六章 大学英语教师信息化教学能力发展实际应用之 MOOCs 模式的英语教学

MOOCs，是 massive open online courses 的缩写，在我国被译为“慕课”，但其英文缩写更能体现它的特征和内涵，所以在我国 MOOCs 的写法也比较通用。MOOCs 在短短的几年时间内以其强大的媒体间性作用，给全球教育带来了强有力的冲击和影响，令我们不得不将 MOOCs 纳入大学英语多模态课堂教学研究的视域，探讨其对大学英语教育教学改革的影响，研究大学英语教师应如何应对和发展。

第一节 MOOCs 概念解读

一、MOOCs 的内涵与特征

（一）MOOCs 的基本内涵

慕课即 MOOCs，是大规模开放在线课程（massive open online courses）的缩写，是近些年来开放教育领域出现的众多全新课程模式的一种。MOOCs 从字面上来看是一种课程模式，具有规模大、开放性、在线等一系列特点。《牛津词典》对“MOOCs”的释义是：“一种学习的课程，通过互联网来获取，不对大规模的人群收费，任何人只要决定学习 MOOCs 这一课程，就都可以登录网站并且去注册学习。”而维基百科在“MOOCs”词条中把 MOOCs 作为远程教育最新的发展成果，是远程教育的一种。它认为：“慕课是一种对所有在线用户开放的网络课程，不限制参加人数。它除了提供已经制作好的课程视频、阅读材料以及相关问题测试之外，还提供用户交流的论坛平台，其目的是支持学习者和教授、助教们的社区交流。”

MOOCs 术语的出现是近年来的事情，其中很多问题都在争论之中。因为 MOOCs 具有重要的应用价值，所以在这个学习平台上，学习者可以根据自己的个人想法，量身选择全世界最好的教育资源，完成在线学习、互动、交流、考核、测试、获得认证的全过程，实现自我的全面发展。许多国家和国际组织都成立了专门研究组织或机构对 MOOCs 进行本土化的研究和实践。由于经济、文化、教育环境不一样，人们对 MOOCs 的认识还存在着诸多差异，不同的理论流派也开始对 MOOCs 的应用进行了不同的划分。以下列举的是比较有代表性的几种划分。

在最开始的时候，MOOCs 的概念是基于关联主义学习理论的，认为学习就是通过非正式网络关系而促成的。关联主义学习理论是互联网时代具有深远影响的学习理论之一。MOOCs 基于关联主义学习理论，是关联主义学习理论的教学试验场，培养信息社会和知识经济时代所需要的数字技能为重要的出发点。除了拥有大规模、开放、在线、免费等基本特点以外，关联主义 MOOCs 还具有其他的特征，如非结构化的课程内容、注重学习通道的建立、学习者高度自主、学习具有自发性。受斯坦福大学 MOOCs 平台的影响，其中 edX、coursera、udacity 这三个课程平台是最为出名的。英国开放性大学在 MOOCs 浪潮兴起之后，也由原先英国开放大学自身的课程资源共享平台 open learning 发展到由很多所英国著名大学、大英图书馆、英国文化委员会、大英博物馆等合作伙伴共同加入的 MOOCs 平台 future learn。

MOOCs 与传统网络课程相比，除了会提供学习的视频课件资源、文本材料以及在线答疑的服务之外，还提供学习用户用于讨论 MOOCs 的学习内容以及相应主题的交互性社区。这种目的在于进行大规模的学生交流互动参与、基于网络开放式资源获取的在线课程，把有志于学习的人和想要帮助他人学习的专家组织到了一起，从而造成了数以万计人同时选学一门课程的奇景。其中更引人注意的是，这种课程几乎没有门槛的限制，MOOCs 的分享合作可以跨越不同的技术平台，能够在脸书、博客、推特等学习者惯用的新媒体中进行传播，并且学习时间也是比较自由的，学习环境也没有什么限制，而且这些都是免费、可信的。

Massive 一词，翻译成为“大规模”的意思，指的是学习者课堂容量的大规模。学习者可以在线自由地选择想要学习的课程。由于参加 MOOCs 学习的人数没有限制，一门课程注册人数可达数万甚至几十万。当然，能够坚持按要求修完课程的学生比率往往是非常低的。当我们提到“大规模”，便会想到它的“限度”问题，就从数量上说，即没有具体的参加人数限制的问题。就目前而言，100 人的课堂相对于传统的线下课堂，尤其是高校的通识课与公选课课堂，还不算是“大规模”的，但是这个数字确实已经远远超过了普通的传统学校一堂课学生的容量了。而在 MOOCs 的课堂中，100 人的课堂并不算新鲜，1000 人乃至 10000 人甚至更多的参与人数也是可以实现的，并且就目前来看还没有达到上限，这个“大规模”恐怕是没有办法用具体的数字做出划分的。所以，这也就充分体现了 MOOCs 课程的规模之“大”。

Open 的意思是“开放”。从已有 MOOCs 课程来看，学习者从注册到学习整个过程是完全免费的。MOOCs 打破了传统大学课程的局限性，学习者不受空间、时间和身份的限制，每个学习者都可以根据自己的兴趣及学习基础，按照自己的时间，注册自己需要学习的课程，而且，对于大多数 MOOCs 课程来说，参与学习者都无须交付任何费用，并且课程结束之后，学习者可以通过已经完成的作业和在线考试得到 MOOCs 平台颁发的对应课程的电子版合格证书。同时，也有些 MOOCs 平台为满足部分学习者的需要和需求，与愿意提供学分的大学进行合作，向学习者提供该大学的学分。这种能够提供学分的课程需要学习者去支付考试的费用，且要求也变得更为严格。

Online 是 MOOCs 课程开放的载体，也就是互联网。MOOCs 是远程教育的一种方式，学习者通过互联网，使用 PC、平板电脑和智能手机等各种终端学习选修的课程，与课程教师或团队及选修同班课程的其他学习者之间的交互，也是以在线的方式实现。正是由于它处于网络环境中，才能实现前面“大规模”和“开放”的特点。同样，对于这种“在线”，有的人仍有疑惑：是只要是在网络上有的课程资源就算 MOOCs 呢，还是得在学习过程中有学习者与教师的交互交流才能算是 MOOCs 呢？这个疑惑指向的正是 MOOCs 与传统网络课程资源的最大不同——MOOCs 有师生实时交互和学习者相互评价的过程，并且除线上交流之外，一些地区还在 MOOCs 的基础上建立了本地群组，使线下的交流讨论变得更加方便。

构成“MOOCs”这个专有名词的最后一个单词是“courses”，它是 MOOCs 的中心词。courses 表达的是课程的含义，但这种课程不是网上分享的精品课件资料，也不是单一一门课的课程设计，而是包含线上线下、从课程设计开始到教学过程结束的动态整体。尽管 MOOCs 是在线的开放性课程，但是，MOOCs 拥有跟传统课堂相似的教学流程，包括学习、反馈、作业、讨论、评价与考试等，每一门 MOOCs 都是一门完整的课程，都要符合教学论中“教学活动七要素”的理论，即一个完整的教学活动应当包括教学目的、学生、课程内容、教学方法、教学环境、学习反馈和教师这七个要素。它包含了课程和教学的设计理念、课程内容的选择与制作、教学进程的管理和互动、最终学分与评价等很多方面。

（二）MOOCs 的特征

通过对 MOOCs 内涵的深入分析，我们不难发现，MOOCs 不同于传统意义上的教育资源，也不同于网络公开课，它的核心是通过互联网实施教育的全过程，这也是 MOOCs 区别于麻省理工（MIT）的 OCW（开放课件）及其他网络公开课的根本特征，因为网络公开课只是将“授课”这个教学环节搬到了网上，其过程并没有涵盖教学活动的七要素，特别是缺乏互动和学习反馈。所以，在对 MOOCs 发展的进一步研究中，我们发现，MOOCs 具有高度开放共享、高度信息化、知识全球化、高度适应性等主要特征。

1. 高度开放共享

MOOCs 的学习人群高度拓展，其学习者不只是在校的注册学生，并且这些学习者不分国籍、民族、性别和年龄，课程的学习也不要求学费（需要特定的证书或学分的课程除外）。MOOCs 课程是让大家共享的，这是由教育资源的开放性以及教育的公平性、大众性等所决定的核心特征，是要将国际化优质教育资源开放给全球人共享。

2. 高度信息化

作为教育信息化的新产物，MOOCs 既是信息技术与课程教学高度融合的集大成者，也是极具代表性的教育技术发展的产物，是数字信息时代最新型的革命性教育范式。MOOCs 对教学媒体的使用和对媒体间性的整合，充分展示了新媒体和媒体间性的魅力。例如，视频授课并不是唯一的授课形式，富文本编辑器、flash、HTML5 都可以制作 MOOCs 课件。最重要的是 MOOCs 非常重视授课过程中的互动，常见的互动形式包括视频内嵌测验题、伴随课件的讨论、虚拟实验等。

3. 知识全球化

经济全球化大背景下，教育资源开发和获取的形式全球化是 MOOCs 的一个重要特征，也是它赖以生存和发展的环境决定因素。知识的全球化打破了传统教育中的教育资源垄断和知识垄断，在任何时间、任何地点，只要能够上网，任何人都可以通过 MOOCs 学习知识，参与知识的关联和重构，所以知识全球化也是 MOOCs 高度开放共享特征的重要表现。

4. 高度适应性

作为一种新型的教育范式，MOOCs 的适应性首先体现在它的可扩张性，即高度适应性。传统课堂往往是一位老师面对人数确定的一群学生，但 MOOCs“大规模”课堂与传统课堂不同，MOOCs 的课堂是针对人数和时间不确定的参与者设计的，也是针对网络特点而进行全新制作的，具有高度的弹性化和适应性。在高度适应性特征的基础上，MOOCs 既能够满足学习者个性化的自主学习，真正促进终身学习的发展，也能够与传统教育实现对接和融合。所以，MOOCs 因其高度的适应性而有助于实现教育的可持续发展。

尽管 MOOCs 平台努力将一切教育行为都搬上互联网，但其实不可能完全做到，或者确切地讲，不可能照搬传统教育中的一切教育行为，因为教育工程的复杂性决定了教育行为的复杂性，不同的学科、不同的课程，需要的教育工具都不同，尤其是实践性很强的课程，比如物理化学实验，无论采用何种虚拟现实技术，虚拟世界跟现实世界总是存在一定的差距，无法提供现实世界对学习者产生的真实自然的刺激，学习者在虚拟学习环境中的模态参与和体验不能等同于现实世界。尽管虚拟世界无法替代现实世界，但是现代技术都在最大限度地帮助我们认识这个世界，在线教育的优势会在未来 MOOCs 的发展中体现得更加充分，并且我们要以线上线下相结合的方式，弥补在线教育的内在缺陷，这才是 MOOCs 的真谛。

二、MOOCs 的主要组成部分

MOOCs 作为一种网络开放式在线课程，其基础其实就是网络平台，传授者是教师和各方的专家学者，教学的内容是在线视频的课程，学习者是 MOOCs 网络在线平台的注册学员。所以，MOOCs 的主要组成部分就是在线网络平台、课程、教师和学员；除此之外，其不可或缺的重要组成部分还有互联网技术，资金投入，相关国家政策支持，高校、教育机构及互联网企业的参与和推动。

（一）网络平台

MOOCs 建立的基础是网络平台，网络平台为 MOOCs 课程资源的展示以及 MOOCs 课程参与者之间的交流沟通提供了物质基础。MOOCs 网络在线教育平台搭建起来的因素是互联网技术基础，它对外免费开放，为教师提供授课的场所，为学员提供丰富的学习资源，它为学员和老师之间、学员和学员之间沟通交流搭建了平台，实现了学习资源的共享互动。除此之外，MOOCs 在线网络平台作为一个巨大的根据地，还提供了教学管理和学员学习考核等一系列的功能，也是 MOOCs 在线网络平台重要的组成部分，承载着 MOOCs 教育的所有使命。同时，MOOCs 网络平台的内部也有一些分类，根据所服务的教育不同属性可分为服务高等教育的 MOOCs 平台、服务基础教育的 MOOCs 平台和服务职业教育的 MOOCs 平台。

（二）网络视频课程

MOOCs 在线网络平台的核心组成部分是网络视频课程。MOOCs 的课程以在线视频讲授的形式呈现，也就是授课老师提前录制好视频，然后传到网络平台上播放，视频课程的录制与互联网的传授特点相结合，建立于大学传统教学课堂安排的基础之上，每一门课程的教学时间通常为 4~16 周，不同课程的节数当然也是不一样的，授课老师根据教学大纲、教学目标和教学内容来具体安排内容，课时数一般都不会超过 16 周；每门课程所录制的视频根据传统 1~2 个小时的课程，再按照知识模块来分解成时长 8~15 分钟的一个个微视频。MOOCs 微课堂的设计是为了使学生能够自由把握学习进度，以便提高学生学习的自主性，学员只有按老师的要求完成一个模块的学习后才可以进入下一个模块的学习。

MOOCs 主要课程的呈现方式包括短视频、嵌入式小测验、课后测验、结业考试、课程讨论等。嵌入式课程测试与评估的设置，不仅提高了学员的学习参与度，而且大大激发了学员们的学习热情，提高了学员们的学习质量。除此，值得一提的是，MOOCs 网络课堂的所有课程视频都是可以免费下载的，方便学员重复观看和学习。

MOOCs 网络课堂的互动性极强，在平台上有很多极富生气的讨论区，选择同一门课程的学员聚集在这个讨论区中相互交流，有些授课教师也会积极参与进来，并且还有教学助理对讨论区中学员热议的问题反馈给老师，然后老师再继续集中做出解答。有的学员不甘于线上讨论，甚至会通过线上去约定时间、地点，通过见面的方式讨论学习情况。MOOCs 网络课堂与其他远程教育或在线教育相比，除了可以实现教育资源的优化共享之外，还可以实现学员与教师以及学员与学员之间的交互沟通，实现线上课程测试与考核相结合，它建立起了一个完整的课程结构，大大提升了学习质量。

（三）教师

MOOCs 在线网络平台的主导是教师。任课教师通过录制讲课视频来传授知识。MOOCs 课堂的教师和传统教师的职责并不完全一样，虽然都是在讲课，但是不再固定于教室里，不再是面对面授课。MOOCs 网络课堂的任课教师必须根据课程的安排，提前录制讲课视频，设置微课堂的课堂小测，还必须在课后登录网络平台为学员解答疑难问题。

MOOCs 网络课堂对任课老师要求很严格，因为他们要接收全球各个国家、各个阶层人士的学员，不仅要具备专业的教学知识，还要掌握不同的授课技巧，要达到能让更多人信服和认可的能力，只有专业功底过硬，讲课内容熟练，讲授方法新颖独特，才可以得到更高的点击率。

（四）学员

MOOCs 在线网络平台的主体是学员。他们不仅要参与到课程的讲授环节中来，还要参与到课程学习交流、课程测试及考核等各个交互环节上来。MOOCs 学员来自世界各个国家，不同种族，不同语言，在整体上呈现出高学历、多知识结构的特点，这些都丰富了 MOOCs 网上学习资源的多元性。

学员们加入 MOOCs 也有不同的学习动机和学习需求：有的学员是希望在名师指点下去填补知识空白与不足，去完善知识结构内容；而有的学员仅仅是兴趣爱好；有的学员则是工作之余用学习来充电；还有的学员是真心想接受新知识，通过不断的学习去掌握了解社会潮流和发展趋势。MOOCs 在线网络平台的学员在整体上呈现出来了高学历、多知识结构的特点。

MOOCs 除了包括网络平台、课程、教师和学员的基本构架之外，还包括其他如互联网高新技术、资金投入、相关国家政策支持、高校和教育机构及互联网企业的参与和推动这些不可或缺的部分。技术为 MOOCs 的发展提供了多方面的便捷途径，网络的普及使得电脑成为我们的生活必需品，人们已经开始接触并习惯于从网络获取新知识，而大数据、人工智能、云计算等技术的发展为 MOOCs 高效共享教育资源提供了很大的便捷。同时大量资金的投入也是 MOOCs 快速发展的一个重要因素，MOOCs 商业化的运作可以吸引更多优质资源，使管理层面更加规范，运作也变得更加高效，其高效运作也离不开国家政策的大力支持与引导。高校、互联网企业、教育培训机构是 MOOCs 得以快速发展的推动者，在 MOOCs 发展的历程中发挥着倡导和参与的积极作用。

三、MOOCS 相关概念解析

（一）翻转课堂

在 20 世纪 90 年代，哈佛大学的物理教授埃里克・马祖尔在物理教学中发现，与传统教学相比较，计算机辅助教学可以促使学生更加积极地参与到教学当中，并且创立了同伴互助教学以帮助学生对知识的吸收和消化。这一研究与实践既是“翻转课堂”探索的原型，也为其后续发展奠定了基础。

“翻转课堂”的概念最早萌芽于 21 世纪初，孟加拉裔美国人萨尔曼・汗用自己先录制好的教学视频辅导孩子的数学功课，并收到了意想不到的成效。随后“翻转课堂”被真正应用到学校的教学实践中，美国科罗拉多州林地公园高中的化学教师乔纳森・伯尔曼和亚伦・萨姆斯把结合 PPT 演示的实时讲解视频上传到网络上，让学生在家中或课外观看学习，而把课堂的时间节省出来进行面对面的讨论和辅导作业，其结果促进了学生对知识的消化和吸收。

“翻转课堂”的理念传入我国后，国内对“翻转课堂”的理解是：在一定教学理论指导下，利用现代化的信息技术，以教师制作的多媒体教材为载体，将传统教学过程翻转过来，即课前对新的知识进行自学、课上消化吸收的一种新型教学方式。

（二）在线课程

国外学者伊莱恩・艾伦和杰夫・西蒙认为，一种大多数或所有的内容都是在线进行的课程就是在线课程，通常没有或极少有面对面教学。我国教育部现代远程教育资源建设委员会认为，在线课程是在课程论、学习论、教学论的指导下，通过网络实施、以自主学习为主的课程，是为实现某学科领域的课程目标而设计的网络学习环境中教学内容和教学活动的总和，它包括两个重要的组成部分，即一定的教学内容和网络教学支撑环境。

因此，我们综合国内外研究认为，在线课程是一种大多数或所有的内容都在线上进行的课程，它通常没有或极少有面对面的教学。

（三）远程教育

国内外学者的综合研究认为，远程教育是一种以自学为主的学习方式，它以信息化技术基础的媒体教学为主要手段，学生与教师的对接互动有别于传统教育，其在时间和空间上都是相互分离的，在教师和学生之间有着一定程度的双向交流和反馈机制。

从定义中我们不难看出，远程教育的概念是相对于传统课堂教育来说的，它突破了课堂教育对于参与者处于同时同地的这个硬性要求，实现了时间和空间的分离，通过借助媒体形成一种实践大于理念的教育形式。

在现实生活中，我们通常提到的远程教育有电大和函授教育等，以为因种种原因而不能参加传统教育的人提供接受高等教育为目的。但远程教育是一个历史和发展的概念，在不同的历史时期，通过不同的媒介，其内涵和意义也是不一样的，因此，远程教育在上述几个概念中应该是范围最广的一个。

（四）微课

1. 微课的定义

近几年来，随着移动通信技术和视频压缩与传输技术的飞速发展，移动终端得以普及，网络带宽速度的不断提升，使得微课（micro-lecture）在技术上实现了在平常一线课堂教学过程中的应用；同时，在提倡以“学生为中心”的教育理念的时代背景下，泛在学习、碎片化学习、移动学习、翻转课堂等融合互联网精神的学习理念新思潮，为微课的广泛传播提供了教育应用的土壤。可以说微课是信息技术发展与教育变革相结合的产物，也可以说是技术与教学应用相结合的高级阶段。

微课创始人大卫·潘罗斯认为，微课的教学效果在某些条件下能够达到与传统授课方式相当的水平，它可以为学生提供一个自主学习知识的平台，学习者能够从自身出发，选择自身所需要的知识点来完成学习，这种方法使得学习更具有针对性，能更好地提高学生的学习效率和效果。微课是对传统教学方式的一种改革创新，也是对传统听课方式的一个极大突破，它经过教师的精心设计，围绕某个知识点或教学环节展开简短、完整的教学活动，可以更好地满足学生对知识的需求，是传统教学的一个重要补充，然而对于教师而言，准备课程资源的关键是要从学生的角度去制作微课，而不应该是站在教师的角度去制作，这要成为以学生为中心的教学思想。

大卫·潘罗斯还总结出了建设微课的五步骤：第一，罗列教学的核心概念，写 15 ~ 30 秒的介绍和总结；第二，为中心的概念提供上下文背景；第三，录制时长为 1 ~ 3 分钟的小视频；第四，设计引导学生阅读和探索课程知识的课后任务；第五，将教学视频与课程任务上传到课程的管理系统。

教育部教育管理信息中心认为，微课全称是“微型视频课程”，它以教学视频为主要方式来呈现，围绕着学科的知识点、例题习题、疑难问题、实验操作等进行视频教学和资源整合。

综上所述，本书认为微课的概念不同于“微课程”，微课是“微学习”基础上建设的“微内容”，是经过精心的信息化教学设计，并以媒体形式展示出来的、围绕着某个知识点或者教学环节而展开的简短、完整的教学课程活动。

2. 微课的特点

（1）主题在教学内容上更加突出，指向更加明确

微课是教师通过在线视频的方式针对某个学科的知识点或教学环节来对学生进行讲解，因此，和传统课堂相比较来说，其教学内容更加精练，教学主题更加突出，教学目标更加单一，教学指向更为明确。

（2）资源类型上丰富多样，情境真实

虽然微课是以在线教学视频为主要载体的网络视频课程，但它包含了传统的课程所具有的每个环节，且由于它不仅可以对某个知识点进行教学，也可以对某个教学环节进行教学，因此它在课程的资源类型上更加丰富多彩。此外，由于微课的教学视频是建立在对教师真实的授课过程进行录制基础之上的，所以它其实就是对教师真实授课过程的再次呈现，这样学生对于微课的学习就显得非常真实。

（3）教学时间上短小精悍，使用方便

微课的授课时间相对来说是比较简短的，一般都是控制在 10 分钟以内，因此更符合学生们的认知特点，可以使学生注意力在最集中的时间对微课的内容进行高效的学习。此外，微课的资源容量是比较小的，其视频的格式一般为流媒体，再加上与教学主题相配套的教学课件等资源容量也是比较小的，因此，学生既能对其进行在线观看，也能将其下载并保存到手机、电脑等移动设备上，从而使学生对它的学习变得越来越方便灵活。

（4）资源组成上半结构化，易于扩充

微课其实并不是由多种类型的资源简单叠加而成的，它主要是通过网络媒体等媒介将某个与其教学主题相关的知识点或教学环节做结构化的组合。同时微课还有半结构化的开放性特点，其中的各要素都可以根据实际授课情况进行修改及扩展，并随着教学需要的变化而不断地生长和充实，以便可以更好地进行更新。

（5）师生交流上交互性强，应用面广

教学视频是微课的主体，要求也是短小精悍，时间上一般不会超过 20 分钟，在授课途径上主要是通过互联网络的方式进行的。因此，它的主要教学载体是在线网络视频，它不局限于课堂上师生面对面的交流，在对教学资源（包括微课视频、素材课件等）的分享上也变得更加灵活和方便。在课堂上，教师不仅可以播放自己的教学片段，还可以播放其他教师的优秀教学片段；在课下，教师可以将自己的教学片段放到网上，以便其他的老师和学生使用，从而增强了微课视频的交互性，使其应用面得以拓展。

3. 微课、MOOCs 与在线课程的关系

（1）微课与 MOOCs 的联系与区别

微课与 MOOCs 都以教学视频为主体，对视频的要求都是短小精悍，在时间上一般不会超过 20 分钟，在授课途径上都是通过互联网来进行，对课程讲解的过程都要求有与课程主题相关的练习测验和评价等，并且两者都是经过精心设计的信息化教学，以流媒体为主要展示形式，围绕某学科知识点或是教学环节开展简短、完整的教学活动，并对同时参与其中的学习者数量不做限制，且主要是在网络的环境下进行的教与学活动，任何感兴趣的人想要参与都可以免费参与进来。

微课与 MOOCs 的区别，第一是表现在它们的规模上，微课的规模比较小，而 MOOCs 已经在全世界的范围上开展了大规模的在线开放课程。第二是在受众对象，微课的受众对象相对来说比较窄，而 MOOCs 的涉足领域却很广泛，在大学教育、职业教育等很多教育领域都有所涉及。第三是在交互性上，微课的交互性是比较弱的，其课堂测验及课后作业等评价系统还不够完善，而 MOOCs 交互性却很强，其课堂测试及课后作业等评价系统相对来说是比较完善的。第四是在证书认证上，微课没有单独的证书认证，而 MOOCs 有课程认证证书。此外，微课在课程内容上相对独立，而 MOOCs 在课程内容上的连续性较强，通常都是按照课程的顺序来进行学习的。

（2）微课、MOOCs 与在线课程的关系

通过以上对微课与 MOOCs 关系的分析，我们可以明显看出，无论是微课还是 MOOCs，都是以在线视频课程为主体的微型教学视频，因此，它们都是在线课程的重要表现形式。现在，已经在全世界的各个国家和地区迅速地发展开放教育资源的运动，一种全新的互联网移动设备已经出现在全球的开放教育资源中。然而微课和 MOOCs 都是在近几年才发展起来的新的课程教学资源，它们的特殊优势使得它们在未来有很好的应用前景。因此在本书中，在线课程的主要内容指的是近期随着教育理论的开放出现而兴起的微课和 MOOCs 这两种在线网络视频课程。

四、MOOCs 的产生背景及其形态演变

（一）MOOCs 产生的背景

自从 21 世纪以来，信息技术的快速发展不仅给人类的生活方式带来了巨大改变，而且对全球教育也产生了较为深远的影响，而 MOOCs 这一教学形式与信息技术之间的紧密结合，成为全球教育发展所关注的重点，MOOCs 的兴起是时代发展对教育提出的一个新要求并非偶然。

1. 大数据时代的产物

信息技术的发展以及互联网的普及，为人们的工作、学习、生活逐渐地网络化，提供了技术层面的支持。在线教学使大规模学习者获取很多的教育资源，突破了地域限制，为他们之间的讨论交流提供了极大的便利。斯坦福大学的计算机学家达芙妮·科勒认为技术进步使课程制作的成本降低，让在线授课这种教育方式变得更容易、更便宜，也使得以前不切实际的设想变成现实。智能设备的出现大大地改变了人们的社会活动，例如人们可以通过智能手机、平板电脑随时随地地在线学习，学习时间和进度也变得越来越灵活，越来越自由，当然也大大降低了在线教育的门槛。

2. 传统教育的弊端

传统教育把学生“禁锢”在教室中，采取接受式的教学方法将学习内容灌输给学生，不重视培养学生独立分析和知识理解的能力，使学生的潜能不能得到及时有效的开发。教育家杜威在“儿童中心论”中曾指出，最好的教育方式就是始终将知识贯穿在教学过程中，培养学生学习的主动性和能动性，使之在经验中学习。在知识经济时代，教育不

能仅仅是简单培养学生去适应现成的工作过程和技术现状，而是应该培养出具有独立性、灵活性、创新性的技能型人才。传统教育模式所培养出来的学生只是懂得掌握教育知识的成果，却不懂得如何利用已有的成果进行再创造，这显然不能满足数据化时代的要求。而在在线教育的模式下，学习者根据个人的需求在网络上自主选择课程和进度，并且对于时间和地点的选择也变得更加灵活，这种设计不仅能培养学生独立的学习能力，还能提高学生的学习效果，以学习者为中心的这个学习模式其实更能受到社会大众的欢迎。

3. 高等教育阶段就读成本高

就我国目前而言，虽然在基础教育阶段有九年制义务教育政策，但高等教育阶段的学费随着大学扩招一直是处于增长趋势的，因此有很多人质疑高等教育所提供的价值与学习者交纳的学费并不能成正比，高额的就读成本与家庭低收入之间的矛盾问题越来越明显，而 MOOCs 提供的低成本高质量的教育资源可以有效缓解这个矛盾，从而满足广大人民群众的社会需求。

4. 优质教育资源分布不均

从全球的教育来看，优质的教育资源大多集中在欧美等一些发达国家，例如，美国的常青藤大学不仅享有世界级的声誉，而且拥有大量的优秀研究者和精英生源，其中的原因就是这些大学有独特的优质教育资源。从国内的情况来看，我国优质的教育资源大多集中在“985”“211”这些高等院校，而这类院校又大多分布在东部发达城市和地区。随着社会发展和教育观念的改变，大众对优质教育资源的需求也是越来越大。与国外相比，我国优质高等教育资源稀缺并且分布不均匀，这就使得越来越多的学生选择出国留学，这对于我国的人才队伍建设来说是一大笔损失。而 MOOCs 是基于互联网实施的教学，可以实现全球优质教育资源的共享，因此有着庞大的市场需求。

（二）MOOCs 的形态演变

作为远程教育的新产物，MOOCs 借助互联网技术来开放教育资源。自 MOOCs 三巨头 Coursera、edX 和 Udacity 先后崛起以来，世界各国很快陆续推出了自己的 MOOCs 平台，全球性的 MOOCs 建设和研究方兴未艾，强有力地冲击着高等教育改革。

MOOCs 是信息技术与课程教学高度融合的集大成者，是最具代表性的教育技术发展的产物，是数字信息时代新型的革命性教育范式。作为一种教育平台，MOOCs 承载着多种教育理念，在推动新媒介与教育深度融合的短时间内，不断发展演变，先后出现了 cMOOCs、xMOOCs、tMOOCs、SPOCs 和 MPOCs 等 MOOCs 形态，在教学技术的应用领域中反映了现代教育观念的多样性和融合性。

早期的 MOOCs 属于 cMOOCs，而自开始依托 Coursera、Udacity 和 edX 三大支撑平台而涌现的 MOOCs 则以 xMCXXs 为主体。cMOOCs 以联通主义理论为基础，提出了适合数字时代基于网络的分布式认知过程的学习理论和教学模式，侧重于知识建构与创造，强调创造、自治和社会网络学习。

xMOOCs 指的是 MOOCs as eXtension of something else，以行为主义理论为基础，关注知识重复。xMOOCs 课程模式更接近传统教学过程和教学理念，如过程性评估和学习者互评，突显短视频的作用，侧重知识传播和复制，强调视频、作业和测试等学习方式，为“翻转学习”提供了重要参考。xMOOCs 在教学模式上可以设计自主学习模式和翻转课堂模式，在学习支持上可以提供课程索引、评价、推荐等功能，在学习分析上可以支持课程海量数据的学习分析，提高学习系统的适应性。xMOOCs 构建了一个由技术环境、社会环境和教学环境组成的学习生态系统。

tMOOCs 指的是 task-based massive open online courses，是任务基础上的 MOOCs。tMOOCs 以建构主义理论为基础，旨在使学习者通过完成多种任务获取技能。tMOOCs 的课程组织侧重于自组织，内容可以动态生成，这种课程模式很难用传统方式进行评价。tMOOCs 的优缺点都比较突出：其优点是符合社会建构主义学习理念，有助于学习者之间的协作与共同成长；其缺点是由于 MOOCs 学习人群的规模巨大，自组织有很大的局限性。tMOOCs 教育观在贯彻社会建构主义学习理论方面的优势被其在开展社团实践方面的局限性所湮没，这就促使 MOOCs 开发者深入反思，研发新型的 MOOCs 形态。

在“慕课热”不断发酵的背景下，教育工作者必须理性地分析 MOOCs 的发展轨迹，正视 MOOCs 的缺陷和不足，把基于 MOOCs 所进行的改革焦点回归到教学和教学法上，将教学作为核心。MOOCs 在线学习形式所暴露的“现实孤独感”表明，MOOCs 缺乏传统教育中的人际互动，不利于学习者维持良好的学习动机。通过对 MOOCs 暴露的缺点和问题的探讨，人们不断探寻 MOOCs 与传统教育对接、融合的方式。在此背景下，SPOCs 和 MPOCs 应运而生，也形成了 MOOCs 发展的新局面。

SPOCs（small private online courses），即“小微封闭课程”，是对 MOOCs 的继承、完善与超越，是后慕课时代的一种典型课程范式，具有小众化、限制性、集约化等特点，能够促进优质 MOOCs 资源与传统课堂面对面教学的深度融合，代表了 MOOCs 的未来发展方向，重塑了教学观和学习观，实现了对教学流程的重构与创新。哈佛大学、加州大学伯克利分校以及我国清华大学等全球顶尖学府，通过对 SPOCs 的探索，让 MOOCs 在大学校园落地生根，不仅推动了大学的对外品牌效应，提升了校内的教学质量，而且通过推广创收来实现可持续性的 MOOCs 发展模式。SPOCs 重新定义了教师的作用，创新了教学模式，并赋予学生完整、深入的学习体验，提高了课程的完成率。SPOCs 将成为高等院校深化课程教学改革、推动优质 MOOCs 建设的重要形态，是高校开展线上线下相结合混合式学习模式的新趋势，有望推动高等教育在学籍制、学分制、课程设置和教学模式等层面的深入改革。

MPOCs（massive private online courses），即“大规模私有在线课程”，是以 SPOCs 为基础，通过培养合格的网络辅导教师，同时开设多个“班”的方式，实现大规模私有在线网络教学。在课程设计上，MPOCs 以学习者分析、教学目标分析等为出发点，注重教学内容的表达，设计有效的教学活动，使课程设计方案落实到教学实施的行为层面。

在运营阶段的班额、收费、师资配备等方面，MPOCs既区别于传统的MOOCs，也不同于SPOCs，它将大学里的传统学位课程转变为网络课程，既克服了MOOCs巨大的学生流失率，也将优质教育资源有力地充实到大学学分体系中来，是MOOCs未来发展的一个重要方向。

五、国外著名的 MOOCs 平台

在互联网技术迅猛发展和全球教育资源开放共享的影响下，大规模开放在线课程也在迅猛发展。从MOOCs三巨头Coursera、edX和Udacity开始，全球众多高水平大学都纷纷加盟到Courses和edX计划中；在全球范围内就出现了MOOCs平台开发的热潮，世界各国和地区纷纷创建自己的MOOCs平台。

我们在本小节中对三大慕课平台做简单的对比介绍。

Coursera（free online courses from top universities）是一流大学免费在线课程平台。Coursera的宗旨是致力于普及全世界最好的教育，运作方式是与全世界顶尖的大学和机构合作，由高校在该平台上创建课程，提供任何人都可学习的免费在线课程，目前该平台上提供的课程数量以及类别都是最多的。Coursera的教育理念是在线有效学习、掌握学习、作业互评和混合式学习，它呈现出针对在线学习准备的课程简洁大方，课程多而广，课程系统完善，具有激励性、互动性、灵活性的特点。

edX（free online courses from the world s best universities）是全球一流大学免费在线课程平台。它以通过研究改进教与学来普及优质教育，促进课堂教学与在线学习为开办宗旨，其运作方式是由哈佛和MIT投资建设并管理，主要和国际知名高校合作，平台上的课程多数是针对校内学生开设的，但同时通过网络免费向全球开放，其教育理念是通过对教与学的研究改进教与学，并实现优质教育资源共享，形成了理论与实践相结合，比较专业和贴心的特点。

Udacity（Online Courses and Nanodegree Programs to Advance Your Career）是在线课程和微学位专业平台，旨在通过基于项目的在线课程来提高学习者的教育水平和职业水平；它以计算机类课程为主，不少课程都是和大企业合作，最近转型职业培训，取消了免费证书；其教育理念是终身教育，在“做”中学，教育密切联系生活和工作实际，并形成随时可做、随时要做的课堂小测试这一最大特点。

毫无疑问，中国学习者若要选修国际品牌的MOOCs课程，Coursera有绝对优势，因为它有针对中国用户的网站，而其他大多平台课程的视频基本都不得不借助You Tu be。另外，Coursera本身的国际化水平也是极好的，界面支持中文，Coursera在我国也有较多的官方合作伙伴。

第二节 MOOCs模式对英语专业教育的影响

MOOCs平台在中国的本土化创新应用和多元化开发建设，掀起了我国高校MOOCs课程建设的高潮，推动了O2O混合学习（blended learning）教学模式在所在学校的深入改革，为高等教育改革与发展揭开了新的篇章。

MOOCs作为新型教育发展模式，正在日益冲击着传统教育，给学生、教师和学校都带来重大的影响，也在进一步冲击传统教育的改革。越来越多的高校加入全球MOOCs在线教育平台，MOOCs已经对当今世界教育发挥着重要的作用与影响，成为教育改革的新方向，在教育平等性上毫无疑问地推动着世界教育的发展进程。

一、对学生的影响

传统教育模式下，学生只能通过高考且考试通过才可以获得高等教育，而那些落榜考生便无缘优质的高等教育资源，教育的公平性也一直没有完全实现。但是在MOOCs网络课堂，学生只需要拥有电脑和网络，注册MOOCs网上在线学习平台，就可以尽情地获取各式优质学习资源，自由地选择学习课程，选修学分，修满足够的学分还可以顺利毕业，拿到心仪学校的毕业证。这些在传统教育模式下是不可能实现的。MOOCs打破传统教育的封锁，使学生由被动学习变成积极自主的选课学习，学习主动性和效率大大提升。

另外，MOOCs平台的教学管理也相对严格，学员选课后要想得到相应学分，必须严格按照规定完成学习任务，类似学员作业的相互批改、小组合作等都提高了学员的参与度，加强了学员的自我学习管理，对学生自身也有了更高的要求。MOOCs的线上学习评价系统也相当完备，加之高科技信息技术的协助，MOOCs在线网络课堂对学员的自我教育、自我管理、自我激励、自我约束等方面会有更大的提升。

二、对教师的影响

MOOCs在线网络课堂对教师群体产生重大影响，不仅对教师教学水平提出更高要求，对教师本人的综合素质也提出了挑战。MOOCs网络课堂将传统以教师为中心的教学模式转变为以学生互动、研讨为核心的对话式教学，学生的主体性、自主性得到彰显，而教师也将被置于一个公开、平等的舞台上，接受全国社会各界乃至全球广大学习者的评价，这无疑给高校教师带来了压力。在新型网络教学模式下，学生自主在课前通过MOOCs在线网络观看教学视频，完成学习任务，而在课堂上更多的是参与话题设置，与老师、同学交流研讨等，教室变为师生间深度知识探究和实践的场所，这种教学模式对学生的学习具有重大的革命意义。同时，MOOCs教学模式下多向式的互动改变了传统师生关系，维系了师生间“亦师亦友”的美好情谊。

在当下，教师参与 MOOCs 革命志在必行，MOOCs 网络课程优质资源离不开整个高校教师团队的协同推进，只有大家目标统一，共同协作，才会实现课程资源源源不断的优质供给。为此，教师要适应时代发展的需要，努力提高自身的学习能力和信息素养，关注 MOOCs 的发展进程和新的资讯，同时学习先进的网络信息技术，熟练运用新媒体，积极参与网络课程的录制，等等。

不可否认，教师是学校的重要组成部分，在高等教育阶段，教师还需要承担一定的科研任务。从目前高等教育的教师职能来看，除了一些具有研究型定位的大学中有专门进行科研的教师，大部分教师的职能仍是以教学为主。学校人员组织不外乎两大类：专业教师和行政管理人员。不过，随着 MOOCs 的不断发展以及与高等教育机构的不断融合，这种人员组织形式会被打破，我们从整个实施过程中看看 MOOCs 的工作人员中包含哪些人。

首先，课程创建之初必须由对专门领域十分熟悉的专家型学者对整个课程内容进行把控，他提供的往往是一门课程最初的蓝本，会决定课程能否引起学习者的关注和兴趣。其次，需要一个具有自己的个性特点、精于授课的主讲教师。这类教师一般风趣幽默，课堂经验丰富，他是学习者通过观看视频最直接感受的课程最直观的“门户”。学习者对授课教师的认同感仅次于对课程内容的认同感。由此可见优秀教师对课程成功的重要性。因为在线学习是时空分离的，授课教师在讲座视频中表现出的教学素质和专业才能往往对课程内容的展现具有决定性作用，接受线上课程的学习者一般厌倦现实课堂照本宣科式的沉闷，所以，MOOCs 教师吸引学习者的“杀器”大多取决于教师自己独有的个人魅力。就像当初 OER 盛行时，很多学习者，尤其是在校大学生对授课教师崇拜不已，追捧热潮程度不亚于追捧偶像明星。“公正：该如何是好”系列课程的授课教师桑德尔就是其中之一。

其实在 MOOCs 经过两年多的发展后，很多热门课程的授课者在 MOOCs 圈内已俨然成了名人，很多学习者不仅仅会按照自己的需要选择课程，还会慕名前去学习固定几位教师的新开课程，即使课程内容最开始并不是他所需要或感兴趣的。因此，很多授课教师会在课程讲授中充分发挥自己的个性，甚至响应论坛中学习者提出的整改建议，使得自己的课程与众不同，这种平等放松的授课环境的营造，离不开优秀的讲授者的努力。

上面提到的是构成 MOOCs 运作人员最主要的部分，他们承担了一门 MOOCs 的核心职能。这里提到的课程设计者和讲授者可能是一个人，也可能是几个有相同志趣的合作者一起分担。除了他们，MOOCs 的良性运作还少不了技术人员的支持，比如讲座视频的录制与剪辑、灯光音效设备的调试，还有讲课过程中可能用到的软件等教育技术的提供、线上平台的维护等等。此外，还有许许多多帮助教师进行论坛管理、在线答疑、实时与学习者互动的助教们。整个 MOOCs 教师团队就是个分工合作、缺一不可的完整体，这个制作过程是传统教师自己独立完成不了的。有人曾这样形象地评价 MOOCs 课程制作，认为这就是“用制作一部网络连续剧的方式制作课程”，编剧、导演、演员乃至后勤保障缺一不可，足见团队的重要。

三、对学校的影响

MOOCs 的出现打破了高等教育垄断优质教学资源的局面。面对 MOOCs 网络平台猛烈的冲击，传统高校绝对不能回避，不能置身度外，必须高度重视并积极应对，主动参与，并将自身弱势转换为机遇，改革教育教学模式，实现高校优质教育资源共享。

首先，各大高校必须加强网络信息建设，主要针对硬件的信息化和人才自身信息化能力建设。高校应该推进建设数字化、智慧化校园等，打造校园 MOOCs 平台，推进自身优质教学资源的国际化宣传推广。高校间可以强强联手，一起构建高校共享联盟，将资源聚合，实现优质课程教学资源的开发和共享。

其次，改革教学模式。MOOCs 网络在线教学模式下“混合式教学”模式、“翻转课堂”模式都可以尝试，我国高校传统的“大班授课”的教学方式不仅枯燥，更是没有效果，学生缺乏思考和交流，更是没有课堂实践环节，这些都是弊端，必须改进。传统高校在授课中可以设置更多互动研讨的环节，借助新媒体技术来使知识 MOOCs 得到更加生动形象的表述，提高课堂教学实效性，为高校教育教学改革提供新的思考。

四、对整个高等教育的影响

自美国三大平台的相继开课运营并吸引了世界各地数以万计的学习者加入之后，MOOCs 瞬间成为拯救高等教育的不二之选。就目前来看，作为一个出现不到 10 年、快速发展不过几年的新的教学模式，MOOCs 对于高等教育的“再造”能力仍不具有颠覆性，而更倾向于是某种意义上的改良，它对现行的高等教育具有一定的挑战性，但是更多的是二者互相促进发展的机遇。MOOCs 在教学模式、教育组织与管理等方面对传统高等教育有借鉴意义；同时，关于 MOOCs 本身的研究调研，也是不可或缺的。就目前来看，MOOCs 最重要的作用是帮助传统教育的改造。在以后的实践中，实现二者线上线下的“混合式”发展，寻求高校间以及高校与 MOOCs 平台的深入合作往往更为重要。

（一）MOOCs 推动了高等教育全球化进程

MOOCs 根植于传统之中，却又不是传统课程的复制，它具有传统不具备的新的特点。而且，处于网络环境中的 MOOCs 比传统课堂的课程容纳量要大很多。它将全球顶尖大学的优质课程资源网罗在一起，并以极低廉的成本向所有有学习意向的群体开放，这对仍是以传统的讲授教学模式为主体的高等教育课堂形成很大的挑战——当学习者能够在网络平台上免费获得更为优质的课程资源、结识更为知识渊博且风趣幽默的讲师，甚者在论坛结交到志同道合的友伴时，他们必定会在二者之间做出比较和选择。由此，当学习者可以自由选择自己愿意参加的课程的时候，高等教育的传统教学模式注定会受到作为知识消费者的学生的冲击。除了能够提供优质的教育资源和师资资源外，MOOCs真正把"学习的主动权交给了学生"，它独有的自主学习模式允许学生根据自身情况自由地选择自己需要或者感兴趣的课程加入学习，且学习过程中能够按自己方便的时间和环境开始学习，甚至有网友调侃，唯一的限制也就仅仅在于学习者是否有一台能够连接上网的移动终端而已。网络技术上的支持使得一门课程通过虚拟平台进行大规模教学，将知识分享给更多需要的人成为可能，也因为有了技术上的支持，很多传统教育模式没有办法做到的事情也得以在MOOCs中实现，比如通过对注册学习者的点击频率和论坛讨论等相关数据的跟踪，实现对学习者学习轨迹和习惯的追踪等。这对于课程研究者来说，可以基于实时的、具体准确的数据统计，进行综合的学习分析，优化已有课程的结构乃至推出更能满足学习者需要的课程；对于参与其中的学习者而言，能够进行有效的学习监控，在缺少教师引导的自主学习过程中，利用自己的学习数据调整学习步调，进一步形成更适合自己的良好学习习惯。

当然，就目前来看，因为MOOCs面对的是广大的学习者群体，很多课程中的知识传授多少具有一些科普的意味，专门为满足学习者更为深入的专业性知识需要的课程并不多见，且大多有较高的相关专业学习背景限制。但是，传统高等教育中的专业系统课程同样也没有办法与MOOCs做比较。不过，教师从MOOCs中研究学习者的兴趣点和更好的教学方法，利用论坛了解学习者的学习与思维习惯，可以更好地进行课堂沟通，完成教学任务。很多在MOOCs平台开课的教师都表示，虽然同样的课程内容在线上与线下的讲课方式并不相同，但他们往往能从MOOCs的课程制作、讲授以及与学习者的交流讨论中得到启发，反哺现实课堂。当新的想法灵活运用到实体学校课堂中时，学生往往有不错的反响。可见，即使相对枯燥的专业课学习，也并不一定非按照严谨沉闷的方式授课，改变是可以发生的。在这个过程中，MOOCs之于当下的高等教育，就像鲇鱼效应中那几尾鲇鱼一样，由一部分有志于改变现况的先驱教师发起，利用网络的便捷和MOOCs自身的优势为传统的高等教育模式注入了活力，虽然有些MOOCs研究者在对MOOCs学习的有效性研究中仍对这种几乎全部依靠学习者自主学习、自我控制完成的学习方式存有疑惑，那也是MOOCs自身有待进一步改善完备的新研究方向了。

MOOCs是经济全球化、教育信息化和语言文化多元化的产物，反过来，又推动着高等教育全球化的进程。MOOCs浪潮下高等教育的全球化首先体现在世界各地学生都有机会接受国际优质教育。Coursera发展团队中国区业务负责人伊莱·布林德认为，在优质教育资源全球化过程中，MOOCs发挥了三个重要的作用：

第一，跟传统高校一起改变精英大学的角色。MOOCs突破了传统大学的藩篱，使世界上任何人都可以直接与国际优质教育之间建立教育关系。

第二，MOOCs是以大数据为驱动的教育平台。一方面，教师能够及时、方便、准确地监测学生的表现，比如通过平台上的数字仪表可以看到有多少学生浏览了他发布的视频；另一方面，对于实施“翻转课堂”教学模式的教师来说，MOOCs 数据监测工具可以帮助主讲教师识别什么是学生已经掌握的内容，什么是学生还需要加强训练的内容。通过对学生的所有学习行为进行跟踪记录，有助于课程开发者和研究者利用这些数据对不同的教育问题进行深入研究。

第三，MOOCs 平台可以帮助我们了解什么是好的教育方法。同样是借助于大数据的技术力量，MOOCs 平台通过对教学法的关注和监测分析，可以使课程设计者、实施者能够较为客观地区分自己所给予学生的教育哪些是有效的，哪些是好的教学方法，哪些是需要改进的地方。

MOOCs 教育范式的演进，推动了高等教育在运行模式上的创新，促进了高校优质教学资源的规模化和全球化，同时，社会公益资本和风投资本通过 MOOCs 项目开发而融入高等教育的发展之中，从而引发了知识产业链的重组和国际化，在某种意义上，MOOCs 已经是一个国际性的教育现象。但是，MOOCs 今天的规模和质量还有很大的发展和提升的空间。

（二）MOOCs 强化拓展了高等教育的职能

MOOCs 的迅猛发展不仅强化了高等教育在人才培养、科学研究、社会服务、文化传承创新等方面的基本职能，也极大地拓展了高等教育的范围、职能和影响力。

在人才培养方面，MOOCs 不仅为高等教育的内涵建设注入了新的活力，而且通过优质教育资源共享，突破了学生群体的局限，使大众终身学习成为现实。从这层意义上讲，MOOCs 极大地拓展了受教育者的范围，促进了教育资源的开放，保障了教育的公平性、大众化，为国民素质的提升提供了有力的支持。

在科学研究方面，MOOCs 国际化推动了高等教育在知识更新和创新上发挥更加重要的作用，为科学研究提供了良好的基础。

在社会服务方面，MOOCs 为高等教育服务社会创造了一个前所未有的途径和平台支撑，加强了高等教育与社会的关联。一方面，高等教育可以凭借其优势专业力量急民众之所急，为社会提供免费的信息服务和优质的教育服务；另一方面，高等教育机构和专业人员也可以通过服务社会而不断提升自我的业务水平。

在文化传承创新方面，MOOCs 的国际化凸显了高等教育的作用，不仅促进了文化的传承和创新，而且极大地提升了高等教育的影响力，进一步凸显了高等教育作为国家文化和软实力输出载体的重要地位。随着 MOOCs 加速高等教育的国际化进程，高校“围墙”正在被打破，优质教育资源的共享已经成为时代发展的必然。传统意义上的大学职能将会发生颠覆性的变化，教育会超越现有教育的范畴，成为国家文化和软实力输出的重要载体。

传统的高等教育囿于各高校不同的地理区位，往往各自为政，开放程度不高，国际化的体现往往局限于互派交换生、跨国人才交流或者科研合作等。学校的竞争力也主要体现在学校的历史传统、科研成果、校友声望等方面，日常的课程教学在学校的国际化进程中起到的作用并不明显。

自 MOOCs 平台建立之初，各大 MOOCs 平台就以与世界各地的顶级院校合作为重要的发展战略，就如前面提到的 Coursera 的合作院校和研究机构超过 100 所一样，edX 同样与各大顶级大学和研究机构确立合作项目，共同开发课程，并借由平台收集的各种数据进行相关的研究。除了各大平台在高校寻求合作伙伴以外，很多其他地区的高等院校也意识到了 MOOCs 风潮的巨大波动，纷纷组建自己本地区的 MOOCs 联盟，谋求竞争中的共同发展。这使得传统的、有较为明显的地理界限的传统实体大学的边界弱化，在互联网的虚拟环境中形成另一个"线上的校园"。在这个"线上的校园"，各大高校公开各种的优势学习资源，发布新的课程，全力推动高等教育的国际化与开放性。

今天的形势是数字技术在"逼迫"教学的发展，大学在网络课程领域不进则退。数字技术是大学保有竞争力的必然选择。在高等院校打破自身的"城墙"，开始寻求开放式的发展时，与其他大学的合作与竞争便一直是需要关注的主题。MOOCs 把所有高等院校放到了与世界竞争的圈子里，这是一部分先行者的主动选择和另一部分剩余者的被动迎战。不过，不管是主动选择参与竞争还是被动接受现有情况，高等教育打破了之前的各自为政，对于整个高等教育体系而言，更多是有利于后续发展的。所以，高校处于这样的环境中，必须思考属于自己的国际化战略和开放式战略。其中，与已经建立的营利性或者非营利性平台合作，共同开发和分享平台上的资源，并由此提高自身的知名度，是一种选择；为了防止外来文化对本地区学习者的抢夺，建立以政府或者权威机构为依托的、具有地区或者国家性质的本土化平台，开发具有自己地区特色，或者更加适合本地区学习者的课程，也是一种选择。值得注意的是，平台的建立和依托只是为高质量的课程教学提供了可以发挥的平台，高等院校真正需要做的，还是修炼自己的"内功"，在保证课程质量（包括学科内容的质量和优秀讲师的质量等）的同时，运用更为独特的视角和呈现方式吸引更多的在线学习者加入，并且，将 MOOCs 中获得的经验有选择地运用于实体课程中去，将线上线下的教学方式结合起来。免费的 MOOCs 平台为高等院校提供了很好的宣传自己、实验新方法的场所；同时，作为合作方的各大 MOOCs 平台，为了更好地发展自己，做大平台的服务范围，往往会推进一些需要有高校支撑的服务项目。

Coursera 等大型的 MOOCs 平台一直致力于推动教育公平和民主化。其开发的项目能够让学习者选修到自己学校没有开设的课程，提供更多的学习机会给更多人。有些课程，学习者通过严格的考试之后，还可以获得开设这门课程学校的学分。这为一些想要获得名校学历的学习者指明了可行之路，也加快了学习者获得学位的时间，还使得后续的高校间学分互认成为可能。除此之外，Coursera 还致力于一项涵盖了许多热门的前沿学科领域的专项认证项目的推进，目前，包括复旦大学在内的 10 所高校已经与之达成合作意向。通过这一项目，注册学员能学习到来自世界顶尖学府的某一前沿领域学科的多个系统课程，从而获得在该学科领域更深入的学习体验。

当然，高校间完全开放，实现各个学校的学分互认从目前看仍是个长远的过程，其中的深入讨论也一直没有间断。高等院校的积极开放与合作对促进高等教育的公平与大众化具有积极作用。足够开放的大学能够提供更多的替代大学的学习途径，给予不同年龄段的学习者更多的选择权，这种选择权不仅仅是对课程学习的选择，还是对学习的时间、环境的选择，甚至还包括对个人人生规划的重新审视与重新规划。

（三）MOOCs 促进了高等教育的内涵建设

在高等教育领域，终身教育一直也是研究者关注的话题。自 20 世纪 60 年代保罗・朗格朗提出“终身教育”之后，终身教育的概念便作为教育的一项基本原则存在着，不过，虽然目前关于终身教育的理论研究有很多，但是终身教育的实践仍然受到不同程度的限制，发展规模有限，影响力也不大。很多高等院校除了一些继续教育学院和函授课程站点等具有继续教育和远程教育性质的机构在运行之外，并没有更有效地实践终身教育理念的场所。

终身教育是面向所有人，包括所有内容的教育，它没有特定的接受人群，可以看作正规教育的延续，也可以看作正规教育的准备或者补充。就像朗格朗提到的那样，它是持续的、贯穿一生的珍贵过程。从某种意义上说，它是无所不包的，只要有助于人的完善和发展，都可以作为终身教育的一部分而处于网络环境中、具有大规模且免费特性的 MOOCs，几乎可以满足高等教育推行终身教育的大部分要求。

从学习对象范围上看，MOOCs 面对的学习对象没有特定的指向性，也就是说，只要懂得使用电脑，拥有能连接互联网的设备，MOOCs 可以为包括大到耄耋老人、小到幼齿孩童的所有人提供他们想要的教育，而且相对于很多的继续教育机构和远程教育而言，MOOCs 几乎没有学历门槛，也不需要学习者支付高昂的学习费用。这给那些有学习意愿却难以支付学费的学习者提供了更经济实惠的选择，使教育得以走近更多人。

从课程教学模式上看，MOOCs 的课程选择与设计比系统的专业学习要简洁易懂得多，它独有的十几分钟片段式讲座视频的授课方式不会占用太多的学习时间，降低了学习者的疲劳感，而且也能够为学习者自己控制学习进度提供方便，可以满足不同年龄阶段、具有不同社会文化背景的学习者的学习要求。无差别的统一教学和平等交流的讨论区互动，最大限度地容纳了更多有学习意向的人，这是包括高等院校在内的很多教育机构无法做到的。

从未来的发展趋势上看，MOOCs 的巨大空间也能够做到教育内容的无所不包，网络环境的大容量与多样化造就了 MOOCs 的包容性。在 MOOCs 平台上，学习不再只是为了拿到一纸文凭的工具，而是利用优质的教育资源充实自己的知识储备，拓展自己的兴趣爱好，提升自己的业务水平，或者只是通过听取讲座、参与讨论消磨闲暇的一种生活习惯。任何理由都有可能成为学习 MOOCs 的契机，真正做到了“提供一切给所有人”。

终身教育关注的就是人的自我完善，它没有硬性地规定必须达到什么样的标准和要求才算是终身教育，只要各个人生阶段的人们在有学习需求的时候，有机会、有平台去满足他们的学习需求，并通过学习实现的自我的完善，都可以称作终身学习的应有之义。

MOOCs 平台的开辟，使得高等教育能够在终身教育的发展进程中承担更重要的职能，而且这种作用力是持久的。长期以来，研究者一直试图打破高等教育的壁垒，使得高等教育融入社会性服务，为作为个体的每一个社会成员提供除了获取学历文凭之外，更多是为了个体的自我完善的教育，这种教育不是只限定于一个固定的年龄段，而是可以随人们的意愿随时参与。埃勒斯这样评价这种转变："事实上，人们已经为此做出了很多努力。很多仍处于固有思想的人，在关于传统的高等教育机构是否能够转变为终身教育的积极推动者，担负起推进终身教育发展的职能的问题，已经开始了讨论。他们也考虑过 MOOCs 能否成为实现这一目标的工具，得到的结论是，MOOCs 的在它的发展过程中，已经承受住了集中出现的大量批判性研究的'考验'，已经有足够的力量来挑战传统高等教育机构的权威……" MOOCs 的出现，对固守传统标准的高等教育机构是个很大的冲击，这种冲击更多体现在它"用另一种标准替换了本来应该按标准化存在的东西"。同时，它也是帮助高等教育实现之前受时代与技术限制而无法实现的教育理想的工具，它"更加强化了大学的社会组织与社会服务职能"。在这一点上，MOOCs 与高等教育是互相成就、互相促进的。

MOOCs 借助于互联网引入商业模式，突破了百年来高等教育领域坚固的"知识产业链"，吸引品牌大学的介入，MOOCs 的快速发展展现了在线教育大规模运营的发展前景，同时也推动了在线教育办学主体和运用资本的多元化。

对我国高等教育来说，MOOCs 既是机遇，也是挑战。MOOCs 的问世让人们感受到了颠覆性变革的力量，让大家看到了对教育流程进行根本性再造的曙光。MOOCs 为学习者提供了个性化的学习体验和教育服务，以翻转课堂和混合式课程形式融入传统教学，利用学分制与传统教育接轨，实现了从课堂到学堂的教育理念的转变。MOOCs 教育观对高等教育的影响表现在教育观念的更新、人才培养方案的修订完善、课程规划的创新、教学环境和教学资源的建设、教学模式的改革等方方面面，集中表现在对高等教育内涵建设的促进，其最具典型性的影响表现在 SPOCs（私播课）重塑了校园课程形态，更新了翻转课堂教学模式，推动了混合式教学模式的标准化发展，从而从根本上提升了校园课程的内涵和质量。

在技术层面，SPOCs 平台作为校园信息化建设的新重点，将在线测验、在线作业和评价、论坛等功能和技术引入到校园课程。同时，基于平台的大数据学习分析促进了数字化学习的研究，MOOCs 平台特别重视利用大数据的学习分析进行学习反馈和教育研究，学习分析不仅可以为学生、教师和教育机构提供更多的实证性依据，还可以为混合式学习和教学、教育决策提供有力的支持，这是当前发展最为迅速的技术促进学习的研究领域之一。

在课程内容层面，新型信息技术和各类新媒体进入教学过程，在课程内容及呈现上实现数字化、多样化、模块式，使教学的个别化、个性化、自主性成为可能，同时，将 MOOCs 作为课程组件，实现校本 SPOCs 与外部 MOOCs 资源的有机整合，对校园课程产生的影响会更深远。

校内教师开设 SPOCs，挑选一门甚至多门 MOOCs 教学资源（视频、资料、测验、作业等），再补充一些自制的或搜集的更符合本校本专业需求的个性化资源，组合成在线课程，由学生自行在线学习。SPOCs 技术工具能够对学生的在线学习进行跟踪记录、统计分析和监测评价。课堂上，教师组织学生进行讨论、答疑、实验等，最后，线下期末考试，课程完成。这种课程模式以 SPOCs 为平台和统领，通过翻转课堂教学模式，实施线上线下混合学习，支持学生的个性化自主学习与协商意义建构，不仅优化了课堂教学效果，也提升了教师自身的水平。换句话说，在 MCOCs 背景下，教学理念的更新、教学模式和学习文化的创新、课程质量的提升、教学效果的改进、以及教师水平的提高，从根本上保障了高等教育的内涵建设。

在 MOOCs 浪潮冲击下，各高校纷纷借助于 MOOCs 理念，创新高等教学模式和课程建设，进一步推进信息技术与学科课程的深度融合，深入推动对翻转课堂、私播课、混合教学、学习分析等大数据时代的集成教学模式的探讨，以促进教学模式和课程建设的发展及创新。

总而言之，MOOCs 的发展需要依托高等教育的支持，就像上一部分提到的二者的相互促进作用一样，以后的高等教育势必与 MOOCs 完成线上线下的融合，混合式学习方式也会一步步发展起来。在这个过程中，许多高等院校的公共课程可能已经不需要本校教师完成授课，而是通过 MOOCs 完成学习，再在线下进行考试获得学分。同样，很多学校缺少相关专业教师，本无法开设的课程也能够借助 MOOCs 的合作将课程引进实体课堂。这样的改变使得一部分优于授课的教师成为课程的主要讲授者，致力于课程的完美呈现，剩下的更多是参与到课程制作的辅助工作中来，比如前面提到的技术人员、助教，还包括帮助线下在校学习者顺利完成课程的辅导教师等。从这种转变中可以看出，很多教师要么转换角色，成为整个课程制作团队的一部分；要么从原有的教学活动中抽离出来，获得更多的时间全身心投入到科研任务中去。久而久之，高等教育机构和院校的教师便可以在真正意义上实现职能分离，各得其所，各司其职，既保证了教学的质量，又保证了科研的质量。

不可否认，MOOCs 对高等教育的影响巨大，它的出现可以改变现今传统教育的两个弊端，一是资源垄断，二是教学模式单一死板。MOOCs 在线网络课堂的公开、免费获取给传统高校致命一击，因为在传统高等教育时代，普通人必须获得高校准许和交纳学费才可以获得的课程资源，现今 MOOCs 平台全部免费呈现给学员，加之全球各国名校在 MOOCs 平台的入驻，更是博得广大学习爱好者的追捧。MOOCs 的免费获取力证了高等教育的公平性，有利于实现全球各个国家、各国文化的交融、共享，同时，MOOCs 有利于传统教学模式的变革，授课理念、授课方式都将发生重大改变，MOOCs 模式下的混合教学模式将大大提升教学水平和教学质量。尽管从目前来看，MOOCs 对传统教学模式和地位暂时无法撼动，但是 MOOCs 网络授课模式会以辅助的形式参与到混合教学模式中，它仍会对整个教育产生持久而深远的影响。

在"MOOCs 热"的背景下，我们必须克服急于求变的心态，不能强制性要求全体教师一窝蜂地开发 MOOCs，我国教育教学改革不能仅寄希望于 MOOCs。MOOCs 作为一种现代综合性教学平台、教育手段和教学模式，带给人们的是对教育的重新审视与反思，以教育技术提升教育价值，创新教育机制，促进教育发展，而无论怎样追新逐潮进入色彩斑斓的 MOOCs 时代，都要遵循教育的基本规律，都要适合我国的基本国情。

第三节 MOOCs 中英语教师的发展

《国家中长期教育改革和发展规划纲要》中指出："教育大计，教师为本。有好的教师，才有好的教育。"MOOCs 开启了全球高等教育的新时代，面对 MOOCs 浪潮，高等教育面临着前所未有的机遇和挑战。在 MOOCs 的大背景下、加强自身职业与专业同步发展，与时俱进，教学相长，与学生共同发展，运用 MOOCs 现代教育理念、教育手段创新教育模式，深化现代教育技术与课程的融合，是每位大学英语专业教师的职责。

一、MOOCs 时代大学英语教师的核心素养

MOOCs 时代，什么样的教师才是一个优秀的大学英语教师呢？优秀的大学英语教师应当具备哪些基本素养呢？

不同时代的人们对于素养（literacy）的界定不同。过去，人们所说的 English literacy 局限于"读写能力"；随着信息时代的发展，特别是信息化、全球化的迅猛发展，literacy 的内涵拓展到了诸如视觉素养、计算机素养、媒体素养和跨文化素养等方面。除了上述各种素养外，一名大学英语教师还必须具有从事大学英语教育教学所需的英语专业素养、教师职业素养及其他人文素养。

（一）英语专业素养

大学英语教师是大学英语教育教学的主体，大学英语教师队伍的专业素质应当与其所从事的职业相适应，应当与高等教育的发展相适应。十几年前，入职普通高校大学英语教师岗位可能只需本科英语专业的学历，而如今，入职重点大学的大学英语教师岗位一般都要求具有博士学历，地方普通大学对入职大学英语教师岗位也普遍要求具有硕士以上学历。由于英语专业硕士研究生毕业生规模大，通常招收硕士毕业生都是百里挑一。在这种情况下，大学英语教师的专业素质是否一定都过硬呢？其实未必。对高校大学英

语教师的专业素质，我们没有做过系统的调查研究，不能妄谈，但就某学者对其所在单位大学英语师资队伍情况调研结果来说，尽管每年应聘大学英语教师岗的硕士毕业生中大多数毕业于国内“985”“211”知名高校，还有相当一部分毕业于国外名校，但在每年招收新教师的应聘笔试、面试、试讲过程中，还是能够感受到这些入职的新教师在专业知识结构和职业素养等方面存在的不足和缺失。提升这些新入职的大学英语教师的素质已经成为各校大学英语教学部门所面临的主要任务。

就英语教师的专业知识而言，首先要加强对语言本体的研习，不谙英语的本体知识，岂能做一名合格的英语教师？语言学理论对大学英语专业的教师也是不可或缺的基础专业知识，但绝不能用普通语言学理论替代英语本体理论的研习。由于毕业学校及其修读专业方向的差异性很大，新入职的大学英语教师在专业知识结构方面有可能存在较大缺失，使得这些新教师不能很好地适应大学英语教学岗位。例如，部分新教师在其本科、研究生学习阶段，对英语语言学的学习局限性大，未能系统研修过诸如英语语音学、英语词汇学、英语语法学、英语修辞学等能体现学科本体性质的课程。

随着大学英语教学改革的深入，专门用途英语在高校大学英语课程体系中的比重越来越大，对于培养具有国际化应用型人才具有重要的意义。所以，除了上述关于加强英语专业本体研究外，青年大学英语教师还要担当大学英语课程改革的重任，加强自身的专门用途英语水平，服务本科专业人才培养的需要。

（二）教师职业素养

古人云：“师者，传道受业解惑也”“为人师者，必先正其身，方能教书育人，此乃师德之本也”。在教师的职业操守中，始终应当坚持“德为先”。所以，师德师风建设是教师职业培训的主旋律。当然，师德取代不了师能，师德、师风、师能是教师队伍建设中的一个整体要求，教师必须具有优秀的专业水平和素养。

作为一名外语教师，自身的语言水平只是其教师职业的基础，除此之外，还应当具备必要的职业素养。一名大学英语教师能否成功，不仅仅取决于其英语专业水平，也受制于诸如经验、品质、个人魅力、职业动机、接受的培训等多种因素。教师的知识结构还应涵盖教育学和心理学，尤其是教育心理学等方面的知识。

在 MOOCs 浪潮的冲击下，大学英语教育教学改革任务艰巨，对教师的职业素养要求也不断提高，大学英语教师不仅要具有良好的人格风范、职业道德等师德素养，还要能够熟练运用教育心理学、教育技术学、教学设计等教育理论不断改进教学方法，同时，还要在教学改革中提高教研、科研水平和学术素养。

大学英语的课程性质及其在高等教育中的地位，致使很多人误认为大学英语教师只需要上好课，不必搞什么教研、科研。这是对教师科研素养的一种误解。科研素养是成就优秀教师的重要条件之一，各优秀的大学英语教师通常都比较重视在教学改革中开展教学研究，并能够运用研究成果推动教学改革。换句话说，在大学英语教学改革实践中，教师要不断提升自我的科研素养。大学英语教师应当在行动中学习研究，在研究中行动，这就是在职教师的“再学习”能力。

针对全球化、信息化、数字化时代外语教师“再学习”能力的培养问题，“体验英语写作”数字化训练系统的研制与开发工作，总结了八个方面的实践经验：有一个比较清醒、善于学习的头脑，有一双不断探索、敢于实践的双手，有一个勤奋进取、总有收获的信念，有一个比较扎实、相对全面的基础知识，有一种不断思考、勇于求新的探索精神，有一种健康向上、淡泊名利的教学研究心理，有一种与人为善、和睦相处、注重合作的团队意识，有一种体验过程、感受快乐、分享结果的哲学思想。

（三）现代信息素养

MOOCs 浪潮的实质是新媒介与学校教育的整合。而慕课视域下的数字化教学改革与研究的关键还是教师。面向全球化、信息化、数字化时代的大学英语教学改革，必须调动一线教师的积极性，发挥其主观能动性，有意识、有目的地进行创新教学与研究。

在大学英语教学过程中，我们不难发现，与那些伴随着数字化发展而成长起来的一代学生相比，我们的任课教师，特别是中老年教师的信息素养还普遍较低，较难适应数字化教学改革的需要。这也是主体间性视角给教学管理者的启示，在数字素养发展不平衡的师生主体之间，教师必须改变观念，主动“放下身价”，乐于与学生合作，共同提高多元识读能力，充分利用多媒体教学条件，创新教学模式，最大限度地调动和促进学生的多模态学习，强化人际和人机互动，实现有效的大学英语教学。

人类已经进入新媒介时代，信息技术的迅猛发展影响着社会生活的方方面面，知识经济全球化和学习化社会成为现实，教育信息化已经成为共识，在高校外语教学领域，计算机辅助语言教学虽然已经有数十年的发展历史，但随着网络外语教学的蓬勃发展，对外语教师的信息素养要求也越来越高，外语教师必须具有高度的信息素养。

信息素养是一个比较宽泛的概念，在学界有各种界定，但其核心是人们在信息社会中获得信息、利用信息、开发信息等方面的修养与能力。信息素养是对计算机文化、超媒体文化和网络文化的概括和发展，网络教育技术条件下外语教师的信息素养是对计算机、超媒体和网络等文化的集成。与此同时，外语教师的信息素养还与视觉素养、艺术素养和数字素养等密切相关。

《新素养：日常实践和课堂学习》一书从操作、文化和批评这三个维度对新素养进行了研究：在操作层面，新素养包括人们查询信息、使用网络工具、分享信息和资源以及实现多任务操作的能力和素养；在文化层面，新素养包括信息知识、信息意识、信息伦理道德，比如，在特定环境下能够用恰当的方式进行交流，在网络虚拟环境下遵循一定的网络礼仪，能够遵循版权保护下的信息共享规则；在批评层面，新素养包括能够意识到所用技术所涉及的权利关系，例如，某个网站的服务对象、价值观念。

可见，信息素养的内涵十分丰富，既包括人们在信息知识、信息技能方面的实际水平，也包括信息意识、信息情感、信息伦理道德以及信息法规等多方面的内容。深入分析信息素养的基本内涵，我们可以把它划分为三大目标体系：

一是知识体系，主要包括基本的传播学知识、文献检索知识、多媒体技术知识、计算机网络知识等内容。

二是能力体系，既包括人们在获取信息、批判性评价信息、有效地吸收存储和快速提取信息、运用现代信息技术手段表达信息、创造性使用信息、创新信息等方面的实际能力，还包括人们将以上处理信息的能力转化为个人自主、高效地进行学习和交流的能力。信息能力是信息素养的首要内容，是人们适应信息化社会生存的基本条件，是人们适应终身学习型社会的重要素养，它可以使人们在信息社会生活和工作中立于不败之地。

第三个目标体系则是包括信息意识、信息观念、信息伦理道德、信息法规与社会责任感等在内的意识体系。

在 MOOCs 背景下，如何培养教师的信息素养，充分发挥网络教学优势，已经成为深化外语教学改革和课程建设的重要内容。多媒体、网络技术给教与学都带来了广泛而深远的影响，网络信息技术的不断更新，使学生可以选择在学校网络自主学习中心的多媒体机房、语音教室、校园局域网、网吧、手机、平板电脑等多媒体条件进行学习，为学生创造了无处不在的学习环境和立体化、数字化的“泛在学习”模式，为课堂教学也注入了新的活力。与此同时，互联网的迅猛发展也促进了人们教育观念的不断更新，大数据、学习文化、自主学习、泛在式学习和学习共同体（learning communities）等教育新概念也随之相伴而生。这一切给高校外语教学增添了无限的生机和活力。在以信息素养为基础的学习文化中，教育的开放性使个人成为真正的“终身学习者”，以学生为中心的教学活动使学习者成为学习的真正主体，学习者之间、学习者与教师之间组成既高度互动又高度个性化的学习共同体。教育信息化呼唤教师与时俱进，尽快提高信息素养，关注媒体的演进规律，及时掌握新媒体，创新课堂教学媒体形式和交流互动模式，优化课堂教与学的环境，更新教与学的文化、观念和方法。

人类进入 MOOCs 时代，培养教师信息素养成为当务之急。作为大学英语教师，我们首先应该明确认识到，信息素养是一种可以通过教育培训而养成、通过实践而加强的能力和素质。

（四）综合人文素养

教师人文素养就是教师所具有的人文精神及教师在日常生活中体现出来的思想、道德、情感、心理、性格、思维模式等方面的气质和修养。人文素养对高校教师的素质结构、师德修养、人格塑造、教学风格和专业发展等都起着巨大的作用。高校必须重视加强提高教师的人文素养，广大教师更要重视加强自身的人文修养。

就大学英语教师的人文素质而言，除了基本的教师人文素养外，还要具有较高的中外文化素养。即使不能要求大学英语教师像前辈大师们那样做到学贯中西，至少也要对东西方文化有比较全面的了解和客观的认识，至少要熟悉东西方文化史、西方哲学史、东西方宗教史，要对当代西方主要思潮和文化趋向有所了解和认识。专业知识和人文素质是外语教师开展教学和学术研究的根本底蕴，教师的素养绝不限于精通语言学理论、精通英语，也不可用学习教学理念替代自身教学能力的锤炼。外语教师应当把专业素养和人文素养作为自己毕生的自觉行为，从小处做起，持之以恒。

随着经济全球化、教育信息化、语言文化多元化的不断深入，要理解和欣赏不同文化之间的共性和差异，批判思维意识、跨文化素养已经成为现代人必不可少的素养。跨文化交际能力的培养可以划分为"跨越"与"超越"两个层面。结合我国大学英语教学来说，"跨越"是对英语文化的理解和英语交际能力的提高，"超越"则指超越英、汉两种语言及其所反映的具体文化而获得一般的、整体意义上的文化意识以及辩证的、宽容的态度。在大学英语教育教学中，"跨越"是文化教学的主要关注点，"超越"则是更为重要的教育目标。大学英语教师肩负着培养国际化人才的重任，自身的思辨能力和跨文化素养至关重要。

在 MOOCs、微课、翻转课堂的教育思潮影响下，泛在学习成为现实，新媒介的发展改变着社会化的本质，改变着人们的联系方式，也在不断强化非正式学习的角色。不仅终身学习能力、自适应能力、团队合作意识等是大学英语教学对高校学生的培养目标，而且自适应能力和团队合作意识等也成为作为终身学习者高校教师的基本素养。

二、MOOCs 时代大学英语教师专业发展的路径和方略

提升大学英语教师的专业水平和教学能力，不仅需要学校和院系的支持和政策保障，更需要教师自身的不断追求和努力。

《大学英语课程教学要求》把"健全教师培训体制"作为"教学管理"的一个重要方面，明确指出：教师素质是提高教学质量的关键，也是大学英语课程建设与发展的关键。学校应建设年龄、学历和职称结构合理的师资队伍，加强对教师的培训和培养工作，鼓励教师围绕教学质量的提高，积极开展教学研究，创造条件，因地制宜开展多种形式的教研活动，促进教师在教学和研究工作中进行富有成效的合作，使他们尽快适应新的教学模式。同时要合理安排教师进行学术休假和进修，以促进他们学术水平的不断提高和教学方法的不断改进。

在管理层面，组织、支持和保障教师在职培训、交流与合作，这是大学英语教师专业发展的主旋律。

首先，教学管理者必须把师德、师风、师能建设制度化、常态化。师德、师风、师能建设是教师职业生涯的永久主题，需要管理者长期有组织、有计划地实施，特别是通过各种主题活动，比如教学观摩活动、年度授课名师评选等，不断加强教师的师德、师风和师能建设，保障教师整体水平和素质的不断提升。

其次，坚持教改、教研、专业发展一体化，组织、支持一线教师开展基于教学改革的研究，通过教改提高教师的研究能力、教学水平和团队合作意识，并通过推广应用研究成果，推动教学改革向纵深发展。

再次，加强教学和科研条件建设，保障教师教学改革与研究。近年来，我国普通高校的现代教育技术条件不断改善，办公室一般都配置有一定数量的电脑，并可以登录宽带、校园网，不少学校都装备了足量的多媒体教室，学校一般都建有网络技术中心，以保障信息化教学装备建设和技术培训服务。学校建设专门的大学英语网络自主学习中心用来保障学生的外语自主学习需求，建设微课制作室、多模态语言认知研究室等加强教学和科研保障力度。

高校面向专业人才培养的大学英语课程建设，需要一支高水平的大学英语师资队伍。在大学英语教师专业发展中，要站在 MOOCs 大发展的时代高度，坚持教师发展理论化、教学理论行动化、教学行动研究化、教学研究成果化的导向。

第一，教师发展要占领理论制高点。教师教育教学理论要不断更新，关注和提升自己在应用语言学理论、教育学理论、教育技术学理论、教学设计理论、学习理论、教学理论和教育生态学等方面的学习和实践，保持理论前沿性、整合性和实践性。

第二，教师发展要坚持理论与实践相结合。教师要积极主动地将自己掌握的教育教学理论和外语教学理论运用到自身的教学实践中。MOOCs 的迅猛发展引发教师主体角色的多元化和挑战性，特别是把教师从“讲坛上的圣人”转变为“身边的指导者”，教师必须不断用现代教育教学理论来武装自己，把理论应用到大学英语教学行动和改革实践中。

第三，教师发展要坚持在行动中研究，在研究中行动。行动研究是大学英语教师实施教改、教研一体化发展的重要策略，围绕大学英语教学改革实践做研究，研究成果反刍教学实践，研究是实践的重要向导，但教师做研究不能停留在经验层面，经验往往会误导我们的行动，因为我们的认识常常是有局限的。通过理论研究，我们才会超越经验主义，才能够把眼光放长远些。要经过不断的研究、实践、反思、再实践、再研究，直到我们恰当地解决教学实践中遇到的问题，实现有效教学的目的。教师在行动中研究，不是孤行者，通过建设强有力的教学团队或者学习社团，特别是 MOOCs 背景下的网络虚拟社团，不断强化教学行动研究。

第四，教师发展最终要将教学研究成果化。教师发展的核心成果是教师自身在专业素质、职业素养和教学水平上的进步，而物化教师发展成果的方式则是多样性的：首先是教学质量的提高，受益者是学生；其次，教师及其团队通过教改、教研一体化的专业发展，能够凝结成具有一定实用性、创新性和推广性的教学成果，既可以通过正式的学术论文发表，也可以通过学术会议交流和推广。

第四节 MOOCs 中英语专业学生的自主学习

一、大学英语学习环境建设

大学英语学习环境建设是大学英语教育教学改革中一个至关重要的问题，是确保课堂有效教学的条件支撑。大学英语学习环境既包括课堂学习环境，也包括课外学生自主学习环境。由于大学英语课程学时的减少以及混合教学模式的改革，课外大学英语自主学习环境的建设越来越重要。虽然很多学校都建设了大学英语网络自主学习中心，但这些学习中心真的能够满足学生的个性化自主学习吗？大学英语自主学习环境远非购置电脑终端、连上互联网再加载几套大学英语学习系统那么简单。大学英语自主学习环境的建设，必须从新媒介时代学习的特征，特别是从学生的学习特点和学习发展的需求出发，遵循语言学习规律和学生学习认知规律，充分运用 ICT 的技术优势，满足学生个性化英语学习需求。

在经济全球化、教育信息化、语言文化多元化的背景下，教育的任务就是顺应时代发展的需要，培养 21 世纪所需的技能，特别是自主学习能力和终身学习技能。21 世纪的学习是一种自适应性学习，学习者积极建构知识和技能，善于在与人交往中运用学习策略自我调适，善于与人合作，不仅对自己，对所学习的科目，对课堂或者课堂以外的其他学习环境，包括对所学领域的特定内容，都持积极的态度和信念。随着 ICT 的迅猛发展，新媒介时代大学生的泛在式学习已经成为现实，ICT 在重塑教育的边界，非正式的学习地位得以强化，建设有效的学习环境成为大学英语教育教学改革中至关重要的内容。

在 MOOCs 条件下，建设基于 ICT 的大学英语自主学习环境，必须充分挖掘有效学习环境应当具备的特性和品质。《21 世纪学习环境的发展方向》一文通过对学习环境的分析，认为有效的学习环境应当具有如下特性：

（一）以学习者为中心

有效的学习环境以学习为中心，鼓励学习者参与，这符合学习者认知规律，对学习的评价侧重于与教学目标相一致的形成性反馈。

（二）系统性

学习资源丰富，教学内容具有系统性，有助于课堂内外学习活动及主题之间的关联互通学习不仅仅是一个单独的活动，本质上也是一个分布式活动，涉及学习者本人以及学习环境里的其他学习者、资源和技术工具等。

（三）自我调适性

有效的学习环境非常适合学习者的学习动机、情感意义和个性需求，学习者个体积极参与学习过程，在元认知、动机和行为等方面都是积极主动的。

（四）社会性

根据社会建构主义学习理论，这里的学习具有社会性和协作性，学习环境能够满足学习者合作学习与协作建构知识的需要，学习本质上是通过与社会文化环境的交互，特别是通过参与式交互而实现的。

（五）灵活性

有效的学习环境不仅提供学习技术选择的灵活性，也能够满足学生在学习活动参与和学习内容选择等方面的个性化学习需求。

ICT 迅猛发展，泛在学习成为现实，新媒介的发展改变着社会化的本质，改变着人们的联系方式，也在不断强化非正式学习的角色。新一代的年轻人是随着互联网、移动手机和游戏机等新媒介而成长起来的，他们每天都要上网，每天都有一定的时间在进行数字化社会互动。数字化时代学习者的高度社会化属性有助于知识的生产和分享。新媒介有助于交互性、参与性学习，为学习者提供泛在式的学习、交流与分享，有助于学习者自我建构学习环境。

学习环境最重要的是要注意学习者（who）、教师及其他专业人员（whom）、内容（learning what）和学习条件（where with what）四个方面之间的动态交互。学习环境不仅包括学习场所和条件，还包括在一定时间内所提供的不同的教学方法、不同的学习活动。

新媒介的广泛应用直接或间接地改变着学习环境。对自主学习环境设计影响最大的技术因素包括：越来越多的网络化、个人数字移动工具（如手机、无线笔记本电脑）；课程教学内容迁移到网络上，课堂活动也从知识传输转变为学习协作；虚拟学习环境显得越来越重要。

另外，教育行政管理者关注的往往是表面化的技术投入、班级压缩、师资培训等等，而对学习质量的理解和对学习环境的建构缺乏系统的、深入的研究、规划和建设。建设有效的大学英语学习环境任重道远。

最后，须要强调的是，我们这里讨论的是基于 ICT 的大学英语自主学习环境，但我们必须清晰地认识到，高校大学英语学习环境建设并不仅限于 ICT 技术支持的学习环境。我们不能忽视传统的外语学习环境建设，比如“英语角”。当然，我们也可以把“英语角”活动关联到我们的网络自主学习环境平台，在我们的“网络平台”特设“英语角”版块，发布“英语角”活动讯息，展示“英语角”活动亮点（highlights），开展“英语角”后续讨论，推荐“英语角”名人等等，从而实现物理学习环境与虚拟学习环境的对接与整合。

二、大学英语网络自主学习环境设计原则

国外学者 Kalantzis&Cope 在《Literacies》一书中讨论基于 ICT 的新学习时，对新媒介条件下的学习者行为和教师行为所做的分析，对我们建设大学英语网络自主学习环境具有一定的参考价值。

根据新学习理念下的师生行为特点而对学习环境建设的思考，根据有效学习环境的上述主要特征，联系大学英语学习实际和学生实际，我们认为，构建大学英语网络自主学习环境应当遵循以下主要原则。

1. 以学习者为中心的原则

学习环境中，学习是首要活动，要做到以学习者为中心，学习环境必须有充足的空间来保障学生的各种需求和自主学习，而且，学习环境应该具有形成性评价的功能和技术支撑，引导学生的能力提升，支持学生元认知技能的养成。

2. 社团实践原则

学习具有社会性，积极的关系有助于学习，所以，学习环境应该以社团为导向。例如，在小组学习的情形下，学习是一种有效的学习。要引导学习者通过社团实践，学习知识和技能。当学习与社区发生联系时，当学习者在学习环境中进行合作时，学习就成为有效的学习。

3. 自适应性原则

学习环境应具有灵活性，关照学习者个体和群体在学习背景、知识结构、学习动机和能力等方面的差异，提供订制式的、详细的反馈，满足学生各种个体差异的学习需求。另外，为了降低网络学习过程中的时间成本，帮助学生提高学习效率、增强学习兴趣、优化学习效果，向学习者推荐适应性的学习路径也是网络自主学习环境建设中的重要任务之一。

4. 交互性原则

有效学习主要是通过参与式交互而实现的。交互性原则是外语学习的基本原则，在学习环境设计中不仅要加强交互性学习活动的设计，还要考虑到现有学习环境的交互性技术条件支持，也要从宏观上注意学习主体、学习内容、学习环境之间的互动性。

5. 跨文化交际原则

语言是文化的载体，社会不断地构建意义，每个新时代都孕育着一种新的文化环境，学习者能够意识到自己的观念和操守就是在这种文化中形成的，创建具有文化敏感性的学习环境，有助于提高学生的文化敏感性和洞察力，有助于跨文化的理解、欣赏和交流，这在全球化背景下更加重要。

《大学英语教学指南》把大学英语教学资源建设分为硬件环境、软件环境和课程资源三大部分，而没有提到大学英语自主学习环境这个概念。其实，自 20 世纪初以来，随着大学英语网络化教学改革工程的深入，全国高校纷纷建立网络英语自主学习中心，形

成了多媒体课堂教学与网络自主学习相结合的大学英语教学新局面，各校都比较重视大学英语教学在硬件环境、软件环境和课程资源等方面的投入和建设，但普遍缺乏科学系统的学习环境规划和设计，教学资源利用率普遍较低，资源浪费严重。

然而，大学英语学习环境建设不是一蹴而就的事情，而是一个长期、复杂的系统工程，应当运用和整合认知科学、生命科学、神经科学、教育科学以及其他领域的最新研究成果，不断加强大学英语学习环境的建设，确保大学英语教育教学改革的顺利进行。

参考文献

[1] 李晨 . 高校英语教师专业能力发展研究 [M]. 吉林出版集团股份有限公司，2020.

[2] 刘丽平，罗明礼 . 英语学科知识与教学能力 [M]. 重庆：重庆大学出版社，2020.

[3] 卫丽 . 英语专业教学与思辨能力研究 [M]. 西安：西北工业大学出版社，2020.

[4] 薛丽 . 英语专业基础英语有效教学研究 [M]. 西安：西安交通大学出版社，2020.

[5] 张家瑞 . 管理学基础英语教程 [M]. 北京：中国人民大学出版社，2020.

[6] 路荣 . 大学英语教师专业能力发展策略研究 [M]. 长春：吉林大学出版社，2019.

[7] 张天恒，张萍 . 英语专业技能类丛书：英语专业阅读能力标准研究 [M]. 沈阳：辽宁人民出版社，2019.

[8] 高广文，何英 .21 世纪英语专业系列教材 Perspectives：高级 英语阅读教程（上）[M]. 西安：西安交通大学出版社，2019.

[9] 秦莉，赵春贺 . 英语教师语言意识研究 [M]. 北京：现代出版社，2019.

[10] 陈蓼，蒋海燕，胡小莹，等 . 英语专业教师思辨能力培养研究——以行动学习理论为框架 [M]. 北京：中央民族大学出版社，2018.

[11] 秦杰 . 我国中学英语教师专业能力发展研究 [M]. 北京：外语教学与研究出版社，2018.

[12] 吕翠俊，王虹亮 . 高校英语教师专业素质与能力拓展多维研究 [M]. 长春：东北师范大学出版社，2018.

[13] 王松美，郄利芹 . 英语教师关键能力 [M]. 长春：东北师范大学出版社，2018.

[14] 武成 . 英语教师语言意识 [M]. 上海：学林出版社，2018.

[15] 付琳芳，郭晓燕 . 当前英语教师专业发展的现状与对策研究 [M]. 长春：东北师范大学出版社，2018.

[16] 刘忠喜 . 英语教师专业发展途径的多维度探究 [M]. 长春：吉林大学出版社，2018.

[17] 贺利萍 . 学前教育专业英语 [M]. 北京：北京理工大学出版社，2018.

[18] 王娜 . 商务英语规划与教师培训研究 [M]. 北京：新华出版社，2018.

[19] 高美云，罗春晖 . 基于职业能力培养视角的高职英语教学模式改革研究 [M]. 长春：吉林人民出版社，2018.

[20] 赵宇著，国金玲，赵莹，等 . 学前专业英语与活动指导 [M]. 哈尔滨：哈尔滨工程

大学出版社，2017.

[21] 徐玉苏，陈明瑶 .“后方法”时代大学英语教师专业发展的叙事探究 [M]. 杭州：浙江工商大学出版社，2017.

[22] 张靖，赵博颖，孟杨 . 商务英语专业发展研究 [M]. 哈尔滨：哈尔滨工程大学出版社，2017.

[23] 童丽玲，戴日新，彭宣红 . 任务型教学设计视角下高职英语教师专业发展研究与实践 [M]. 西安：西安交通大学出版社，2017.

[24] 施心远 . 英语专业本科生教材听力教程 3 教师用书 [M].3 版上海：上海外语教育出版社，2017.

[25] 鲍文 . 商务英语教育论 [M]. 上海：上海交通大学出版社，2017.

[26] 龚龙生，黄皓 . 新世纪商务英语专业本科系列教材 . 商务英语口译教程学生用书 [M].2 版 . 上海：上海外语教育出版社，2017.

[27] 苏卫涛 . 高职学前教育专业学生职业核心能力培养研究 [M]. 长春：东北师范大学出版社，2017.

[28] 杨洋 . 教师教育与教师成长研究丛书 . 民族典籍元功能对等英译英语专业母语文化译介能力培养导论 [M]. 桂林：广西师范大学出版社，2016.

[29] 陆蓓，章卫华，赵利娜 . 基于关键文本研读的教师专业能力提升研究 [M]. 上海：同济大学出版社，2016.

[30] 罗毅 . 职前英语教师专业发展研究——教育研习视角 [M]. 武汉：华中科技大学出版社，2016.